José María de Pereda

Blasones y talegas

edición de
Raquel Gutiérrez Sebastián

- STOCKCERO -

Pereda, José María de

    Blasones y talegas / José María de Pereda ; edición literaria a cargo de:

    Raquel Gutiérrez Sebastián -

    1a ed. - Buenos Aires : Stock Cero, 2006.

    104 p. ; 22x15 cm.

    ISBN-10: 987-1136-44-7

    ISBN-13: 978-987-1136-44-5

    1. Estudios Literarios. I. Gutiérrez Sebastián, Raquel, ed. lit. II. Título

    CDD 809

1º edición: 2006
Stockcero
ISBN-10: 987-1136-44-7
ISBN-13: 978-987-1136-44-5
Libro de Edición Argentina.

Hecho el depósito que prevé la ley 11.723.
Printed in the United States of America.

stockcero.com
Viamonte 1592 C1055ABD
Buenos Aires Argentina
54 11 4372 9322
stockcero@stockcero.com

José María de Pereda

Blasones y talegas

José María de Pereda
(Polanco, 1833- Santander, 1906)

Escritor montañés de familia hidalga e ideología conservadora. Estudió en el Instituto Cántabro de Santander y posteriormente inició en Madrid la carrera militar en el arma de artillería. Regresó a su tierra sin haber concluido sus estudios, pero con una incipiente vocación literaria que le llevaría a la redacción de comedias y artículos políticos y costumbristas que aparecieron en la prensa santanderina de su época. Fue autor de una extensa obra compuesta por algunos textos teatrales, cinco tomos de relatos, de artículos y de escenas de costumbres así como doce novelas. En 1897, concluida su carrera literaria, ingresó en la Real Academia Española. La obra perediana representa la corriente del costumbrismo regional en de la narrativa del último tercio del siglo XIX, porque casi todos sus relatos están situados en Cantabria (tierra que abandonó en muy escasas ocasiones) y porque la ambientación en ellos está conseguida a través de mecanismos del género de costumbres que comenzó a cultivar en su juventud. La fama de Pereda en su época se vio favorecida en unas ocasiones y empañada en otras por los debates ideológicos suscitados por algunas de sus obras, sobre todo, las llamadas novelas de tesis, en las que el escritor defendía los valores ideológicos tradicionales y el catolicismo más ortodoxo.

Indice

Presentación

A pesar de que quienes nos acercamos hoy a la obra de Pereda hemos de salvar ciertos obstáculos, como el alejamiento del mundo que retrata con respecto a la sociedad actual, las dificultades lingüísticas (a las que un lector no montañés ha de añadir las de los abundantes dialectalismos) y el descrédito que sufre la literatura perediana, nacido de un prejuicio ideológico aderezado con buenas dosis de desconocimiento, es indiscutible -a la luz de la eclosión de estudios críticos sobre el novelista de Polanco en los últimos años-, que la narrativa perediana es un prisma de muchas caras algunas de las cuales la crítica únicamente ha vislumbrado. Sin embargo, no es la tarea interpretativa la mayor empresa con la que nos enfrentamos los actuales estudiosos de Pereda, sino que quizá el esfuerzo más difícil sea el de volver a interesar a los lectores en sus obras. En ese largo camino, cuyos frutos, sin duda, tardaremos en recoger, resulta de muchísimo interés divulgativo la iniciativa de editar alguno de los textos peredianos de manera independiente, con vistas a iniciar a un lector primerizo en las obras de Pereda y a ofrecer al fiel seguidor de su narrativa una nueva edición convenientemente anotada y prologada que arroje algunas luces sobre la vertiente realista de la primera narrativa perediana y las relaciones entre los escritos iniciales del polanquino y las que se consideran sus novelas más importantes.

Por otro lado, la relectura reposada de «Blasones y talegas» nos hace replantearnos uno de los interrogantes más reiterados en las reflexiones críticas sobre la narrativa del escritor cántabro: ¿cómo es posible que un autor tan aplaudido en su época haya sido casi olvidado por los lectores actuales? Las opiniones elogiosas de Galdós sobre este texto que posteriormente detallaremos y el juicio de un crítico actual, Juan Luis Alborg, que valora este relato como "uno de los mayores aciertos literarios nacidos de la pluma de Pereda a lo largo de toda su vida literaria." [Alborg, 1996:635] pueden ser al menos dos puntos de partida que nos conduzcan a la lectura y reflexión sobre el texto que aquí reeditamos.

PRÓLOGO

1. INTRODUCCIÓN

La novela corta «Blasones y talegas» vio la luz por primera vez en tres números sucesivos de *La Revista de España*[1], formando parte de una serie de cuadros costumbristas que fue publicando Pereda a partir de marzo del año 1869. Precisamente estos artículos suponían una vuelta del autor de Polanco al mundo literario, después de los casi cinco años de silencio que siguieron a la salida de su primer libro, *Escenas montañesas* [1864], silencio interrumpido esporádicamente con sus colaboraciones periodísticas en el diario satírico *El Tío Cayetano*[2], y explicable quizá, por algunas reacciones críticas adversas que había suscitado su primera colección costumbrista[3]. Unos años más tarde, el polanquino decidió reunir los artículos de costumbres que había venido

---

1   Concretamente en el número 26 (25-IV-1869), pp. 270-293, el nº 27 (10-IV-1869), pp. 321-348 y el nº 28 (25-IV-1869), pp. 481-493 de dicha publicación.

2   La publicación conocida como *El Tío Cayetano* fue un periódico local fundado por Pereda en colaboración con un grupo de amigos, y en su primera época (1858-59) tuvo un componente satírico, al que se unió en una segunda época de esta publicación (1868-69) el ingrediente de crítica política (ataque al liberalismo y a la Gloriosa). Más datos sobre este asunto pueden encontrarse en García Castañeda, 2000:645-656.

3   Nos referimos fundamentalmente a las opiniones vertidas por el costumbrista Antonio de Trueba en el prólogo que realizó a la primera edición de *Escenas Montañesas* [1864]. Censuraba Trueba que Pereda hubiera recogido en sus cuadros de costumbres los aspectos negativos de la Montaña, dejando de lado los positivos, pues este escritor partía de una visión idealista del costumbrismo alejada de la estética realista perediana (que tomaba como base la realidad, intentando "fotografiarla" a través de la obra literaria, lo que suponía la pintura de lo positivo y lo negativo de la misma, y, a veces, una visión antipintoresca cercana a un cierto naturalismo). El citado prólogo provocó una polémica bastante ácida sobre el realismo de las *Escenas Montañesas* de don José María, fue el detonante de algunas acusaciones de "antimontañesismo" vertidas sobre Pereda, y en definitiva, molestó al novelista de Polanco, que lo suprimió de la tercera edición de esta obra, la que formó parte del tomo V de las *Obras completas* de Tello [1885]. Más datos sobre este interesante aspecto pueden verse en González Herrán, 1983:23-33 y en el prólogo de García Castañeda al volumen I de las *Obras completas* de Pereda de editorial Tantín.

escribiendo desde 1865 hasta 1870 y formar con ellos un libro, conti-
nuación de aquellas primeras escenas. Nació así *Tipos y paisajes. Segunda serie de Escenas Montañesas*, un volumen que publicó la ma-
drileña imprenta Fortanet el 15 de junio del año 1871 [González
Herrán, 1983:35-36] y en el que se recogían un total de 12 artículos
entre los que sobresale sin duda por sus valores literarios «Blasones y
talegas», pero en el que se agrupan además interesantes textos costumbristas como «Dos sistemas», «Para ser buen arriero», «Ir por
lana» o «La romería del Carmen».

Se trataba pues de una parte del segundo libro de Pereda, dentro
del ámbito literario del costumbrismo al que pueden adscribirse
además de las dos series de *Escenas Montañesas* citadas otros dos volúmenes peredianos posteriores: *Tipos trashumantes* [1877] y *Esbozos y rasguños* [1881], y venía a confirmar al escritor montañés como uno de
los cultivadores del género de costumbres, tras unos intentos juveniles
fallidos de dedicación al mundo teatral por parte del polanquino. Nos
encontramos, por tanto, en la primera etapa de la producción literaria
de Pereda, en la que el escritor compagina las colaboraciones periodísticas con la redacción de textos dramáticos y con la elaboración de
artículos y relatos costumbristas. Pero dentro de la trayectoria literaria
perediana, «Blasones y talegas» representa además una de las primeras
incursiones de su autor en la novela corta, puesto que este texto se sale
de los márgenes del artículo de costumbres porque posee todas las ca-
racterísticas de un relato ficcional: un narrador que va contando la historia, unos personajes de ficción protagonistas de la misma y por fin un
argumento que confiere unidad a los seis capítulos en los que se divide.
Este género de la novela corta seguirá siendo cultivado por Pereda en
algunas obras posteriores, como los tres relatos que componen el volumen *Bocetos al temple* [1876]: *La mujer del César, Los hombres de pro*,
y *Oros son triunfos* y con él cerrará también su producción literaria a
través de *Pachín González* [1896], un relato breve centrado en la catástrofe del vapor Machichaco y a medio camino entre la ficción y el re-
portaje periodístico.

Tampoco está alejada esta novelita de la segunda fase de la labor narrativa perediana, la de escritor de novelas extensas, pues ensaya en «Blasones» algunos procedimientos característicos de lo que posteriormente será su particular modelo narrativo, la novela costumbrista. Entre estos procedimientos podemos anotar ciertas fórmulas de caracterización de los personajes, la introducción de escenas de costumbres en el entramado narrativo o algunas técnicas narrativas empleadas anteriormente en los artículos costumbristas, elementos que reiterará tanto en las llamadas novelas de tesis, *Don Gonzalo González de la Gonzalera* [1879] y *De tal palo tal astilla* [1880], como en sus grandes creaciones literarias, *El sabor de la tierruca* [1882], *Pedro Sánchez* [1883], *Sotileza* [1885], *La puchera* [1889] y *Peñas arriba* [1895]. Además, la aparición de ciertos personajes y tipos en esta novela que se repiten en algunos de los textos anteriormente citados es un punto más de conexión entre «Blasones» y el resto de la producción literaria perediana, una de las posibles pruebas de que el universo literario del autor se mueve dentro de los mismos parámetros a lo largo de todo su devenir y un modo más de justificar-si no fuera suficiente la calidad literaria del relato- la necesidad de conocer este texto prediano.

2. ALGUNOS ANTECEDENTES

El núcleo central de este relato, la unión a través del matrimonio de un miembro de la arruinada casta de los hidalgos con un representante de la clase de los nuevos ricos, no resultaba nuevo ni en el panorama literario de la época ni en la producción perediana. Pereda lo había tratado unos años antes de escribir esta novelita en la zarzuela en dos actos titulada *Terrones y pergaminos* [1866], estrenada el 15 de diciembre de 1866, con música de Máximo D. de Quijano[4]. En ella planteaba cómo don Canuto, alcalde y rico del pueblo, se había puesto de acuerdo con don Gervasio, hidalgo con títulos pero sin dinero, para casar a sus respectivos hijos, Antón y Luisa. Sin embargo, la resolución del conflicto es diferente a la de «Blasones y talegas», puesto que en la obra dramática, cada uno de los miembros de la pareja tiene amores secretos con personas de sus respectivas clases sociales, la aldeana y la hidalga, y los propósitos de sus padres se ven truncados al revelar los

---

4   Pereda permitió que muchos años después de la publicación de «Blasones» Eusebio Sierra la adaptara a la escena convirtiéndola en una zarzuela que fue musicada por Ruperto Chapí y estrenada en el Teatro Apolo de Madrid el 16 de marzo de 1901. Esta adaptación se inscribe en un ambiente de pujanza de la literatura costumbrista española, pero tuvo sin embargo un escaso éxito de público y crítica.

jóvenes públicamente estas relaciones, con lo que termina triunfando el amor sobre el matrimonio por conveniencia social.

Por otra parte, la simplicidad argumental, la unidad espacial y temporal así como "el tono desenfadado, castizo, con el que son compuestos diálogos y descripciones" [Santos, 1998:571] emparentan también la novelita con el sainete costumbrista. No podemos olvidar que Pereda comenzó escribiendo obras dramáticas, y que su afición al teatro no le abandonó a lo largo de toda su vida[5].

En el capítulo de las posibles influencias de las que surgió el relato, quizá no sea descabellado citar, como indica Jean Camp, la huella que determinadas obras narrativas y dramáticas francesas pudieron dejar en el polanquino, que pasó un tiempo en París entre los años 1864 y 1865 y que asistió a los estrenos de varias obras teatrales en esa ciudad (algunas de las cuales, como las de Dumas hijo o de George Sand trataban ya el conflicto nobleza/dinero), al tiempo que pudo conocer ciertas novelas de éxito en el momento, como la titulada *Sacs et parchemins*[6] [1851] de Jules Sandeau, en la que se planteaba el asunto de la alianza entre la nobleza y el dinero que reitera Pereda en su relato, y cuyo título recuerda mucho tanto a la zarzuela perediana como al relato que nos ocupa. El mismo tema lo había tratado ya la obra de León Gozlan, *Aristide Froissart* [1844], planteando la oposición entre dos clases sociales y dos generaciones que también recoge Pereda en esta novelita[7].

Junto con estas influencias es destacable y notoria en la novelita la huella del *Quijote* de Miguel de Cervantes, obra que admiraba profundamente el narrador de Polanco y que está en la base del arranque del texto de «Blasones y talegas». Concretamente se aprecia su influjo estilístico en el inventario de prendas, costumbres y objetos de la casa

---

5   Sobre la obra dramática de Pereda, la relación entre Pereda y el teatro y la influencia de elementos teatrales en su obra narrativa ver: Cabrales Arteaga, J. M., "Pereda y el teatro. Aproximación a su obra dramática" *Revista de Literatura*, n° 111, tomo XVI, (Enero-junio de 1994), Madrid, pp. 73-97; Gutiérrez Sebastián, R., "Los elementos teatrales en *El buey suelto...* y *El sabor de la tierruca* de José María de Pereda", *Siglo Diecinueve*, n°3, (1997), pp. 39-52 y García Castañeda, S., "La obra teatral de Pereda", *Salina*, n° 13, (Noviembre 1999), pp. 81-88. Proporcionamos en esta nota las referencias bibliográficas completas, por lo que las excluiremos de la bibliografía final.

6   *Sacs et parchemins*: (fr.) talegas y pergaminos.

7   A los puntos de contacto entre estas obras francesas y la novelita perediana se refirió Jean Camp en su introducción crítica al texto perediano cuya referencia indicamos en la bibliografía final, y aunque no tenemos constancia de ese hecho podría ser válida su hipótesis.

de don Robustiano, en la descripción de sus salidas a caballo a las aldeas vecinas, en los rasgos de su fisonomía avellanada y seca, en la psicología de este hidalgo, como dice Laureano Bonet: "un personaje chiflado, anacrónico, «alienado», precisamente a causa de su desfasamiento histórico," [Bonet, 1970:31], en la contrucción antitética de los personajes de entre don Robustiano y Toribio[8], así como en ciertas fórmulas narrativas aparecidas en el texto de indiscutible sabor cervantino.

3. LOS PERSONAJES

La propia dicotomía que plantea la novela entre los blasones, símbolos de la nobleza, y las talegas, representación del dinero, hace que la trama argumental se construya sobre la base de dos personajes contrapuestos: el hidalgo Don Robustiano Tres-Solares y el jándalo[9] Toribio Mazorcas. Además de ser estos dos personajes los protagonistas lo son por supuesto los vástagos de ambos, a los que el afán de ascenso social de Toribio pretende unir en matrimonio: Verónica, la única hija de don Robustiano, y Antón, el mozalbete hijo del jándalo. El protagonismo de las dos primeras figuras es tal que la joven pareja queda un tanto eclipsada por este hecho.

Don Robustiano Tres-Solares y de la Calzada, motejación irónica que alude a las tres decrépitas heredades de las que se jacta de ser propietario este personaje, representa en la novelita a la clase social de los hidalgos rurales arruinados, incapaces de adaptarse a la pérdida de sus privilegios que ha traído el mundo moderno, enfermos de orgullo y agobiados por la falta de recursos y la necesidad de ocultarla ante sus convecinos aldeanos, a los que desprecian profundamente. De estas contradicciones y frustraciones de casta surge el tratamiento, en principio irónico y a menudo caricaturesco[10] que el narrador perediano

---

8   "Bajo el contraste entre el frugal, idealista y disparatado don Robustiano y el pragmatismo plebeyo de Toribio es posible reconocer, en fin, las sombras adulteradas de don Quijote y Sancho." [Santos, 1998:580-581]

9   *Jándalo*: (adj. fam.) Andaluz. En Castilla, Asturias y otras regiones del Norte de España se dice de la persona que vuelve de Andalucía con l;a pronunciación y hábitos de aquella tierra.

10 Don Robustiano llega a ser en palabras de Bonet: "un guiñol deshumanizado a causa del constante afán del autor por ponerle en ridículo ante los lectores." [Bonet, 1970:30]. Otros críticos opinan que no hay tanta deformación en el tratamiento del hidalgo, porque en el fondo las ideas del narrador y su personaje son comunes: "Pereda muestra una cierta condescendencia, hija de la complicidad, hacia los excesos de su criatura." [Santos, 1998:585]

proyecta sobre don Robustiano, tratamiento distanciador que le dedica desde el comienzo de su relato, cuando nos describe sus ornamentos y raídos atavíos, su ruinosa vivienda o palacio (revelador según el tópico costumbrista de la psicología y circunstancias económicas de su morador) y las costumbres que tenía, entre las que destacaba la de no ser visto realizando trabajos plebeyos, como el cultivo de sus fincas, o la de no abrir las puertas de su casona a nadie, para que no se supiera el estado de extrema decadencia en el que ésta se hallaba. Si nos detenemos a analizar en profundidad a este personaje quizá lo que más puede llamar la atención es el tratamiento negativo que Pereda hace de él, máxime si lo comparamos con la idealización del hidalgo realizada por el novelista en posteriores creaciones literarias, en las que aparecerá esta clase social transformada ya en la figura del patriarca. Conviene detenerse un tanto en este asunto porque es, en nuestra opinión, la clave ideológica así como la base de la tesis que aborda «Blasones y talegas» y además un aspecto revelador de ciertos rasgos importantes en el tratamiento del personaje del hidalgo en la evolución de la novelística perediana.

A pesar de que el tipo literario del hidalgo montañés pintado desde un punto de vista satírico, y ridiculizado por su afán nobiliario así como por su pobreza había estado muy presente en la literatura española, fundamentalmente desde el siglo XVII [García Castañeda, 1991:146], las figuras de los hidalgos no habían sido tipos demasiado frecuentes en las primeras obras dramáticas y costumbristas peredianas. Encontramos a este personaje encarnado en el joven Pascual, zafio[11] mayorazgo[12] pueblerino de la obra teatral ¡Palos en seco! [1861] y en el hidalgo Silvestre Seturas de «Suum cuique»[13] de Escenas Montañesas [1864], poco más que un aldeano que vivía de sus rentas y rumiaba la obsesión de ganar un sempiterno pleito, razón que le llevó a Madrid, de donde regresó, desengañado, a su terruño natal. También aparece un hidalgo en el artículo costumbrista «La noche de Navidad», recogido en el mismo volumen. Se trata, en este caso, de un mayorazgo ridículo por su afición a los latinajos[14] y de cuya verborrea incesante huyen todos en el pueblo.

---

11 *Zafio*: hombre grosero en sus modales.

12 *Mayorazgo*: hijo primogénito.

13 *Suum quique*: (lat.) Suum cuique [tribuere], [dar] a cada uno lo suyo, la definición de lo justo según el jurista romano Ulpiano.

14 *Latinajo*: (fam. despect.) voz o frase latina usada en medio de otro idioma (generalmente con el fin de impresionar a la audiencia).

En la pintura del hidalgo don Robustiano de «Blasones y talegas», Pereda retoma toda esa tradición costumbrista y tipificadora de las figuras de esta clase social a la que acabamos de aludir, recurriendo a los tópicos al uso al referirse a don Robustiano, que veneraba su ejecutoria de nobleza, rememoraba constantemente las preeminencias de sus ilustres antepasados, y se mostraba altivo respecto a los zafios ganapanes que le rodeaban, todo ello contrastando con los problemas económicos que amenazaban su subsistencia y la de su rancio y exiguo linaje. Sin embargo, el narrador de Polanco no se limita a repetir con mayor o menor fortuna estos rasgos característicos y ridiculizadores del hidalgo de gotera[15], sino que al realizarse el matrimonio entre la hija de don Robustiano y el hijo del jándalo, se produce en el hidalgo una verdadera mutación psicológica que le hace desprenderse de su natural orgulloso y vivir en armonía familiar y en camaradería con Toribio Mazorcas, que ha puesto a su disposición todas sus rentas. La nobleza del linaje le parece en los momentos finales del relato algo secundario, pues indica: "que existe una nobleza más ilustre, más grande, más veneranda que la de la sangre, que la de los pergaminos: la nobleza del corazón." Quizá esté defendiendo Pereda con esta transformación final de Tres-Solares los beneficios que produce el maridaje sexual y social entre la clase de los nuevos ricos y la rancia casta de los hidalgos arruinados [Bonet, 1970:32], pero esto contrasta poderosamente con la recreación posterior en sus novelas de las figuras de los hidalgos, convertidos en patriarcas benefactores que administran diligentemente sus tierras, ayudan paternalmente a los rústicos y se enfrentan con dureza a los indianos y jándalos que pretenden modificar el secular y tradicional modo de vida de las aldeas. El cambio en el tratamiento del personaje del hidalgo desde esta visión caricaturesca de don Robustiano, que al final acepta gustoso el mestizaje con la familia del rico jándalo, hasta la idealización de los hidalgos patriarcales aparecidos por primera vez como construcción literaria en el don Román de *Don Gonzalo González de la Gonzalera* [1879], reiterados en otras novelas peredianas como *El sabor de la tierrruca* [1882] y que tendrán su máxima representación en la figura de don Celso en *Peñas arriba* [1895] está motivado por causas de diversa índole que conviene matizar con cierto detalle[16].

---

15   *De gotera*: (loc.) en Cantabria, "alrededores de una casa". Equivalente a "de entrecasa".

16   Indica García Castañeda a propósito de *Peñas arriba*, que Pereda relaciona el final de la antigua estirpe de los hidalgos con la nueva raza del hidalgo moderno, encarnado en Marcelo. Este relevo de la hidalguía se produce con el refrendo de los antiguos hidalgos en el entierro de don Celso. Cfr. García Castañeda, 1997, pág. 155.

En primer lugar, son muy importantes las razones socio-políticas. En el año 1869, cuando Pereda escribe «Blasones y talegas», a pesar de que había triunfado la Revolución de 1868, todavía no se habían sentido sus consecuencias en los pequeños núcleos rurales. Unos pocos años más tarde, la extensión de liberalismo hace replegarse al conservador Pereda hacia posiciones más tradicionales. Por este motivo crea un personaje, el patriarca, que representa los intereses de la burguesía y las clases medias no oligárquicas frente a los dos polos enfrentados en la Gloriosa: por un lado, el pueblo y por el otro, la oligarquía absentista, caciquil y centralista. Así, la idealización perediana de la figura del hidalgo rural que gobierna a sus colonos y administra sus tierras, asimilable por sus lectores con la figura de un burgués, se convierte en una salida al período revolucionario y al pesimismo que cundió entre las clases dominantes [Le Bouill, 1985:66-67]. Algunos de estos aspectos que caracterizarán la figura del hidalgo patriarcal ya los esboza Pereda en «Blasones y talegas» en la diligencia con la que Antón, el hijo de Zancajos, atiende sus labrantíos, aunque le falta todavía a esa figura un toque idealizador para llegar a convertirse en un verdadero patriarca, así como alguna referencia a la veneración que debían sentir por él sus colonos[17].

En segundo lugar, son destacables también en este cambio de actitud los condicionantes personales y biográficos, pues no hemos de olvidar que una buena parte de la fortuna de la familia de Pereda, familia por otro lado hidalga, procedía del capital acumulado por el hermano mayor del novelista, Juan Agapito, durante los treinta años que permaneció en Cuba [Madariaga, 1991:45], por lo que no es extraño que Pereda justifique el maridaje entre la nobleza hidalga de raigambre montañesa y el dinero procedente de la emigración, ya que ese dinero propició precisamente la integración del novelista en las filas de la burguesía mercantil.

No podemos desdeñar tampoco las razones estrictamente literarias en el cambio de consideración de la figura de los hidalgos, que como después veremos lleva aparejada también una transformación de la valoración perediana de los jándalos e indianos. Cuando Pereda inicia su andadura como escritor predomina en él un instinto costumbrista-

---

17 Los patriarcas literarios peredianos son hombres de mediana edad, de juicio atinado y venerados por su sabiduría y rectitud por los colonos que atienden sus tierras y por todos los aldeanos en general.

realista de observación de la realidad, que le impele a retratar lo que
ve, es decir, a los hidalgos arruinados y a los nuevos ricos con deseos
de ascender socialmente. En su trayectoria novelesca posterior, a este
impulso realista se añade una motivación ideológica un tanto ma-
niquea, que le hace censurar ácidamente al nuevo rico e idealizar lite-
rariamente a los hidalgos, bien es verdad que tras haberlos convertido
en diligentes propietarios rurales.

El antagonista de don Robustiano, Toribio Mazorcas, apodado
Zancajos por sus torcidas piernas, tiene un nombre que revela inequí-
vocamente sus orígenes rurales y campesinos, y su figura representa
precisamente a esa clase de nuevos ricos cuya fortuna procede de la
emigración. En este caso, se trata de un jándalo, apelativo que de-
signaba a aquellos montañeses emigrados a Andalucía[18] que tras de-
dicarse durante años al comercio en aquellas tierras solían regresar a
la Montaña natal. En ocasiones volvían enriquecidos, pero en la mayor
parte de los casos habían ahorrado unos cuartos para presumir ante sus
convecinos y solían presentarse con la indumentaria andaluza al uso,
un modo de hablar seseante y postizo del que se reían los aldeanos, y
unas maneras aflamencadas que también solían ser motivo de hilaridad. Todos estos rasgos fueron recogidos por la tradición costumbrista que retrató el tipo, y de hecho, en la obra perediana el jándalo
apareció en bastantes ocasiones pintado con tintes satírico-burlescos y
recogiendo todos los rasgos tópicos de esa tradición. Protagoniza el ro-
mance perediano titulado precisamente «El jándalo» incluido en las
Escenas Montañesas [1864] así como el artículo «Un tipo más» de *Tipos
y paisajes* [1871] y dentro de las novelas del polanquino reaparece encarnado en el personaje del Sevillano en *El sabor de la tierruca* [1882] y
en el Berrugo de *La puchera* [1889]. Dentro de esta imagen paradig-
mática del jándalo, sorprende la pintura bastante positiva que el narrador perediano hace de Toribio Mazorcas en «Blasones y talegas».
Está retratado con humor, no sátira ni burla, y también con cierta
ternura. En el jándalo domina sobre todo el deseo de beneficiar a su
hijo y por ello sacrifica la fortuna ganada con tantos sudores[19], sin que

---

18   Como indica González Herrán, en el último tercio del XIX se generaliza un costum-
     brismo de tipos que por razones de pintoresquismo suele presentar predilección por los
     andaluces [González Herrán, 1986:436], y estos tipos (entre ellos el jándalo) pasarán en
     el caso de Pereda a sus relatos novelescos porque se prestan a uno de los propósitos mo-
     ralizantes de este autor: la crítica al fenómeno de la emigración.

19   "El comerciante adinerado que conquista blasones efectúa una inversión social; se acerca
     al poder, de tal forma que el poder llegue a rentabilizar su inversión." [Santos, 1998:579]

se atisbe en el personaje el menor síntoma de tacañería. García Castañeda apunta la explicación de que quizá Pereda lo pintara con una serie de cualidades para hacer más llevadero el trago de emparentar con él a don Robustiano [García Castañeda, 1991:250], pero también es posible que la convicción del propio Zancajos de que no puede cambiar su condición campesina (lo que implica en cierto modo una aceptación del inmovilismo social defendido por Pereda) y el hecho de que su pretensión de mejora social se refiera únicamente a su descendencia, lleven al narrador peredicano a mostrar una cierta benevolencia hacia el personaje. En las descripciones físicas de Toribio, el narrador siempre subraya los detalles indumentarios reveladores de la riqueza del personaje, como la calidad de sus ropajes y las joyas que solía llevar, y desde el punto de vista moral, se mueve entre la bondad y la generosidad y una cierta hipocresía, notoria en determinados momentos del relato, sobre todo, cuando tras haber adelantado dinero a don Robustiano para el arreglo de su palación solariego le recuerda que tiene pendiente con él el asuntillo de consentir el matrimonio de su hija con Antón, o cuando oculta entre socarronas insinuaciones la hilaridad que le produce el patológico orgullo del hidalgo [Bonet, 1970:32].

La relación entre el hidalgo y el jándalo sufre una interesantísima mutación a la que anteriormente nos referíamos en las páginas finales del relato: al desprecio más absoluto por parte de don Robustiano hacia la casta de los nuevos ricos que representa Mazorcas, se superpondrá el respeto y la aceptación por parte del hidalgo del dinero y el afecto del jándalo[20], y hasta cierto punto un contagio de sus ideas políticas liberales.

Entre los protagonistas de la novelita está también la hija de don Robustiano Tres-Solares, Verónica, que representa los males que trae aparejada esa decrepitud de la nobleza hidalga cuando sus ancestrales valores castran la vida de una joven y cualquiera de sus ilusiones y expansiones. La estrecha relación que mantiene con su padre, nacida de la falta de la figura materna y del gran cariño que le profesa don Robustiano, se repite en otros personajes peredicanos como Magdalena en *Don Gonzalo González de la Gonzalera* [1879] o Ana Prezanes en *El sabor de la tierrruca* [1882]. El retrato físico inicial de Verónica está cuajado de tópicos negativos: es una mujer sin atractivo físico, sin edad

---

20   "La anagnórisis del hidalgo ha de ser doble: si por una parte es social [...], por otra es ética." [Santos, 1998:585]. Esto supone un reconocimiento de las virtudes de Mazorcas por parte de don Robustiano que efectivamente se produce en el relato.

definida y sin proyectos; sus resabios y remilgos de clase y estos rasgos negativos la emparentan con otras infanzonas[21] aparecidas en posteriores novelas peredianas, sobre todo, con la figura de Osmunda de *Don Gonzalo González de la Gonzalera* [1879]. La vida trazada para ella por su padre, sin educación, sin salir de las paredes de la casa solariega y sin participar en los entretenimientos aldeanos porque no son dignos de su clase social, la convierten en una figura caricaturesca. Sin embargo, sufre una mutación psicológica y hasta física desde el momento en el que el joven Antón le declara sus intenciones matrimoniales. Estos cambios se aprecian en una súbita alegría que embellece sus facciones, y, sobre todo, en el amor al trabajo que se superpone en ella a una natural indolencia nacida de la falta de ilusiones. Al final de la novelita se convierte en una matrona feliz que ha dado savia nueva al caduco tronco de los hidalgos. Según una parte de la crítica, Verónica es la primera creación femenina de Pereda con la categoría de personaje novelesco [Blanco de la Lama, 1995:170] porque su retrato no es únicamente externo y unilateral, sino que tiene cierta complejidad psicológica; se rebela, aunque débilmente, contra una situación injusta cuando su padre se niega a su matrimonio con el hijo del jándalo y evoluciona en el relato en consonancia con el curso de los acontecimientos que le suceden.

En lo que se refiere a Antón, el vástago del jándalo, es un muchachote de pueblo al que su padre ha intentado pulir con una educación, sin conseguirlo, pero que al casarse con Verónica al menos es capaz de administrar la riqueza de Mazorcas, dedicándose a las labores agrícolas. Puede ser, como indicábamos anteriormente, el precedente de los futuros patriarcas peredianos: amantísimo padre de familia, rico propietario de tierras que se encarga de administrar con diligencia, honrado y noble [Aguinaga, 1994:68].

Como personajes secundarios de interés solamente encontramos a don Ramiro Seis-Regatos y Dos-Portillas de la Vega, nombre simbólico e irónico de este empingorotado[22] y arruinado hidalgo rural que, a diferencia de don Robustiano, ha sido capaz de darse cuenta de que su casta está a punto de desaparecer y de que una de las salidas más hon-

---

21 *Infanzona*: hijadalgo que en sus heredades tenía potestades limitadas.

22 *Empingorotado*: persona de posición social ventajosa, especialmente si se engríe por ello.

rosas a esa decadencia se encuentra en casar a sus descendientes con los hijos de los nuevos ricos ansiosos de ennoblecerse.

4. Estructura y técnicas narrativas

El relato presenta una gran simplicidad estructural probablemente derivada de su estructura dramática [Santos, 1998:572]. La acción podría responder al esquema clásico exposición, nudo y desenlace y posee además unidad espacial y temporal.

De los seis capítulos de los que consta la novelita, los dos primeros repasan simétricamente y con bastante detallismo tanto la vida, costumbres, vivienda y familia de don Robustiano como la de su antagonista Mazorcas. El narrador suele adoptar en estas páginas iniciales un punto de vista irónico, sin abandonar nunca su omnisciencia y, a menudo, hace uso de algunas técnicas empleadas reiteradamente por los escritores costumbristas como el inventario de objetos, las descripciones ópticas y fisonómicas de los personajes y las continuas alusiones al lector, con el que suele entablar una especie de diálogo el narrador. En dicho diálogo le pide perdón por la introducción de ciertos términos o presupone que con los datos que le ha ofrecido puede hacerse una idea del personaje de don Robustiano, o bien sale al paso de las exigencias de verosimilitud de los que leen indicándoles que no deben sorprenderse, por ejemplo, por el repentino enamoramiento de Antón. Incluso a veces el narrador se convierte en un mero cronista que recoge únicamente lo que cuentan o lo que ha oído, haciendo gala de un prurito de verosimilitud propio también del discurso costumbrista.

En el tercero de los capítulos, tras la declaración amorosa del hijo de Mazorcas a Verónica con la que había finalizado el capítulo anterior, se relatan la visita de Zancajos a don Robustiano para hacerle partícipe de las honestas pretensiones de su hijo, así como la tormenta que destruye el hogar del solariego. Se inicia su texto con la enumeración de los pensamientos de la hidalga, y en él se intercalan varias intervenciones del narrador omnisciente con diálogos entre los personajes. El cuarto

capítulo relata la claudicación de don Robustiano tras su entrevista con
el hidalgo don Ramiro y se emplea la técnica del monólogo citado para
revelar la angustia de este personaje y sus cavilaciones ante la ruina que
le amenaza. Finalmente, los dos últimos capítulos muestran el desenlace
del conflicto. El quinto cuenta el casamiento de Verónica y Antón, con
todos los detalles de una escena costumbrista de boda, desde los prepa-
rativos del opíparo banquete, a las indumentarias de novios y padrinos,
hasta los rituales que solían ser típicos de todas las bodas, máxime si los
que se casaban eran de noble linaje, como las comparsas de mozos y
mozas que bailando y cantando acompañaban a los novios a la iglesia,
el recibimiento de los que se iban a desposar en la puerta de ésta por las
autoridades del pueblo o tras la ceremonia el canto epitalámico que el
maestro recitaba ante los recién casados[23]. La celebración concluye con
el regocijo propio de los grandes festines: bailes, borracheras y repique
de campanas como en las grandes ocasiones[24]. Los acontecimientos re-
latados en el último capítulo tienen lugar ocho años más tarde de los
que iniciaron el texto, y el narrador nos da cuenta de los cambios pro-
ducidos en la casa de don Robustiano así como en él mismo y en su
linaje, su aceptación de la situación y su felicidad familiar. La novelita
concluye con una aclaración del narrador dirigida a los lectores montañeses e hidalgos en la que sale al paso de los posibles referentes reales
que dichos lectores pudieran hallar en la historia.

5. Eco en la crítica

El segundo libro costumbrista de Pereda, *Tipos y paisajes* [1871],
dentro del cual se publicó, como indicábamos, «Blasones y talegas»,

---

23   Según Montesinos los recursos folklóricos empleados por Pereda en la recreación de la
boda han sido usados con discreción, y en ellos se puede rastrear la influencia de Fernán
Caballero [Montesinos, 1969:44]

24   Precisamente Pereda, en un escrito tardío con motivo de un homenaje a Menéndez
Pelayo titulado "De cómo se celebran todavía las bodas en cierta comarca montañesa enclavada en un repliegue de lo más enriscado de la cordillera cantábrica" indica los diferentes ritos realizados en los pueblos con motivo de las bodas: desde la salida del cortejo
nupcial acompañado por las mozas con las panderetas y los mozos disparando tiros con
las escopetas, hasta el famoso *empeño* (rapto de la novia por los mozos del lugar hasta que
el novio pagaba 3 duros para los gastos de una fiesta celebrada entre la gente joven), la
petición de arras y por último, la misa y el convite, del que pronto se retiraba el cura por
razones de decoro. Comparando la descripción perediana de la boda en "Blasones y talegas" con este escrito más bien de índole etnográfica, apreciamos que bien de la boda
de Verónica y Antón, al tratarse de una boda de gente de posibles no se realizaron los rituales a los que se refiere Pereda en este escrito, aunque el cortejo de mozas tocando las
panderetas, y lo referente al convite parece haberlo tomado el novelista de la realidad.

según parece tuvo poco éxito de ventas[25] y pocas fueron también las re-
señas críticas contemporáneas conservadas sobre él, aunque en todas las
que podemos consultar se destaca como uno de los mejores cuadros del
libro esta novelita[26]. Entre las escasas aportaciones de la crítica coetánea
de Pereda es interesantísima la de Benito Pérez Galdós, quien, en un
artículo sin firma publicado en *El Debate*, el 26 de enero de 1872[27]
además de elogiar algunas cualidades del polanquino como escritor costumbrista, entre las que destaca la capacidad de observación, la tem-
planza en la sátira o la gracia, resalta, al repasar los tipos del libro, el de
don Robustiano, que le parece "un tipo acabado, con verdadera creación
literaria, llena de verdad y de interés"[28]. Años más tarde, el escritor ca-
nario indicaba en su prólogo a la novela perediana *El sabor de la tierruca*
[1882]: "Algunos de tales cuadros, principalmente el titulado *Blasones y
talegas* produjeron en mí verdadero estupor y esas vagas inquietudes del
espíritu que se resuelven luego en punzantes estímulos o en el cosquilleo
de la vocación. Es que las obras más perfectas son las que más incitan,
por su aparente facilidad, a la imitación. Luego viene, como diploma
más alto de su mérito, la inutilidad del esfuerzo de los que quieren igua-
larlas, y tratándose de aquélla y de otras obras de Pereda, hay que darles
a boca llena y sin género alguno de salvedad, el dictado de *desesperantes*."
[Pérez Galdós, B., *Prólogo* a *El sabor de la tierruca*, *Obras Completas*, vol.
V, Santander, Editorial Tantín, 1992, pág. 60]. Si hacemos salvedad de
estas aportaciones críticas, el silencio sobre la obra se ha mantenido, exceptuando los elogios de Menéndez Pelayo, que califica esta obra y
«Suum cuique» de "novelas primorosas y acabadas, aunque de cortas
dimensiones:" [Menéndez Pelayo, M., "Don José María de Pereda",
Prólogo a *Obras Completas*, I, Madrid, Tello, 1884; recogido en Me-
néndez Pelayo, M., *Estudios y discursos de crítica histórica y literaria*, tomo
VI, Santander, C.S.I.C., 1942, pág. 361] hasta el comienzo de la década

---

25 Le Bouill indica que la tirada fue de 2000 ejemplares y que años después de la publi-
    cación, en 1887, todavía quedaban muchos de ellos almacenados en la editorial. [Le
    Bouill, J., *Les tableaux de moeurs et les romans ruraux de José María de Pereda*, 1980, nota
    687]

26 Así lo indica por ejemplo la reseña de C. Moreno López en *La Iberia*, publicada el 2 de
    julio de 1871.

27 Tenemos constancia de la autoría de la reseña por una carta de Pereda a Galdós, fechada
    el 3 de febrero de 1872 en la que le dice el novelista cántabro: "yo he de darle un millón
    de gracias por el artículo que ha escrito recomendando al público mi libro, y que tuvo a
    bien incluirme en su carta del 28 pasado." [Ortega, S. *Cartas a Galdós*, Revista de Occi-
    dente, Madrid, 1964, pág. 39]

28 [Sin firma] "Bibliografía. *Tipos y paisajes*", en *El Debate*, 26 de enero de 1872, año II. Ci-
    tamos por González Herrán, 1983, pág. 41.

de los 60, cuando Montesinos en su monografía sobre Pereda[29] analiza este relato indicando que en él hay cierto convencionalismo a la hora de contar algunas escenas, como la del encuentro del galán campesino con la hidalga, y la timidez de aquel, pero que el conjunto está bien logrado [Montesinos, 1969:43-44]. En la década de los 90 del siglo XX hay algunas referencias más a la novela, destacando las de Salvador García Castañeda en sus prólogos a los volúmenes I y II de las *Obras Completas* de Pereda de editorial Tantín, así como los estudios de Magdalena Aguinaga sobre el costumbrismo del primer Pereda, estudios que dedican varias páginas a analizar los personajes y las técnicas costumbristas usadas en la novelita[30]. También resulta muy interesante la positiva opinión sobre «Blasones y talegas» de Juan Luis Alborg que citábamos textualmente en el apartado de presentación. Al silencio crítico y los elogios un tanto convencionales de la crítica contemporánea al escritor ha venido a superponerse un cierto interés por este relato por parte de los críticos actuales que valoran en esta obra el hecho de que en ella se pongan de manifiesto algunos de los temas y los contrastes vertebradores de toda la obra perediana y se apunten ciertos tópicos que aparecerán en *El sabor de la tierruca* [1882], *La puchera* [1889], *Nubes de estío* [1891] o *Peñas arriba* [1895]. Además, los cambios sociales que retrata «Blasones y talegas» son semejantes a los descritos en *Sotileza* [1884]. Por otra parte, este relato es quizá la primera obra perediana que puede considerarse una novela, exceptuando «Suum cuique» incluido en *Escenas Montañesas* [1864], tanto por su ficcionalidad como, sobre todo, por la aparición de un carácter o personaje individualizado que evoluciona en el propio texto narrativo. A pesar de que el interés actual por un texto perediano tan temprano puede resultar en cierto modo sorprendente, se inscribe dentro del fenómeno de revisión y revalorización de la obra literaria del polanquino que se viene produciendo en la crítica especializada en los últimos años.

---

29   Montesinos, J.F., *Pereda o la novela idilio*, Madrid, Castalia, 1961.
30   Se trata de los trabajos de esta autora citados en la bibliografía.

NUESTRA EDICIÓN

Para preparación de esta edición he tomado como base el texto de «Blasones y talegas» recogido por Salvador García Castañeda dentro del primer volumen de la colección de las *Obras Completas* de Pereda de editorial Tantín, volumen editado, anotado y prologado por el mismo investigador e integrado por las dos primeras colecciones costumbristas peredianas, *Escenas Montañesas* [1864] y *Tipos y paisajes* [1871]. En este último libro está incluida la novela corta que aquí editamos. He utilizado precisamente esta edición por ser la más moderna con la que contamos, porque sigue con bastante fidelidad el texto de la primera edición de las *Obras Completas* de Tello revisadas por el propio Pereda y porque está convenientemente contrastada con otras ediciones. Además, he cotejado el texto de esta edición con el de la primera de *Tipos y paisajes*, realizada por la Imprenta Fortanet de Madrid en 1871, con una copia manuscrita de «Blasones y talegas», conservada en la colección E. de la Pedraja de la Sección de Fondos Modernos de la Biblioteca Municipal de Santander y con el texto de esta novela corta incluido en el volumen VI de las *Obras Completas* de Pereda publicadas por la Imprenta Tello en Madrid entre 1888 y 1906 y revisadas, como acabo de indicar, por el propio novelista. Las variantes localizadas entre el texto de las *Obras Completas* de Tantín y las otras ediciones consultadas las consigno con el símbolo * en el pie de las páginas, acompañado de la abreviatura MS si se trata de la copia manuscrita, 1871 si me refiero a la primera edición del libro y 1ª OC si quiero indicar la primera edición de las *Obras completas*. Las principales variantes encontradas en el cotejo de textos se refieren fundamentalmente al empleo de signos tipográficos distintos, como la cursiva o las mayúsculas, y por considerarlas de un interés menor no consigno este tipo de variantes, sino las que, en mi opinión, tienen una mayor importancia filológica. Respecto a las notas a pie de página, he creído conveniente, al tratarse de una edición eminentemente divulgativa, insertar numerosas notas léxicas, explicando el significado de los términos en cierto modo inusuales para un lector actual, pero no he querido renunciar tampoco a introducir algunas notas exclusivamente literarias, en las que llamo la atención sobre las técnicas narrativas o relaciono elementos de este relato con otros aparecidos en diferentes obras peredianas.

Raquel Gutiérrez Sebastián
Santander, Enero 2006

Raquel Gutiérrez Sebastián es Doctora en Filología Hispánica por la Universidad de Santiago de Compostela y profesora de Lengua y Literatura de Enseñanza Secundaria. Es además tutora del Centro Asociado de Santander de la Universidad Española de Educación a distancia. Trabaja actualmente como asesora en el CIEFP de Santander (Centro de Innovación Educativa y Formación del Profesorado) y su tarea como investigadora se ha centrado en la obra de José María de Pereda, autor sobre el que versó su Tesis Doctoral y acerca del que ha publicado varias monografías, artículos y ediciones de sus novelas. Destacan sus libros: *Entre el costumbrismo y la novela regional: El sabor de la tierruca de José María de Pereda,* UNED Cantabria, 2000 y *El reducto costumbrista como eje vertebrador de la primera narrativa perediana (1876-1882)* Ayuntamiento de Santander-UNED Cantabria, 2002.

Bibliografía.

1. Primeras ediciones, ediciones de *Obras completas* y otras ediciones de «Blasones y talegas»

PEREDA, JOSÉ Mª. de, "Blasones y talegas", *Tipos y paisajes*, *Segunda serie de Escenas montañesas*, Madrid, Imprenta de T. Fortanet, 1871.

_____. *Tipos y paisajes*, *Obras Completas*, tomo VI, Madrid, Imprenta y Fundición de Tello, 1887.

_____. *Tipos y paisajes*, *Obras Completas* de José María de Pereda, prólogo de Marcelino Menéndez Pelayo, Madrid, Tello, 1884-1906, volumen I.

_____. *Obras Completas*, Madrid, Aguilar, 1934, prólogo de José María de Cossío, tomo I.

_____. *Obras Completas*, ed. dirigida por Anthony H. Clarke y José Manuel González Herrán, tomo I: *Escenas montañesas. Tipos y paisajes*, edición, introducción y notas de S. García Castañeda, Santander, Tantín, 1989.

_____. *Blasones y talegas*, edición crítica, introducción y notas de Jean Camp, Toulouse, Privat, 1937.

_____. *Blasones y talegas*, Madrid, Editorial Mariar, Almacenes Generales de Papel, 1987.

_____. *Blasones y talegas*, *Diario de Burgos*, Burgos, Diblioteca de Literatura Universal, 1993.

_____. *Blasones y talegas*, Barcelona, Editorial Bibliotex, 1993.

2. Estudios en los que se trata algún aspecto de esta obra

AGUINAGA ALFONSO, M., *El discurso narrativo de Pereda*, Santander, Ed. Tantín, 1994.

_____. *El costumbrismo de Pereda: innovaciones y técnicas narrativas*, Gráfico Galaico, La Coruña, 1994.

_____. *El costumbrismo de Pereda: innovaciones y técnicas narrativas*, 2° edición, Kassel, Edition Reichnberger, 1996.

ALBORG, J.L., "José María de Pereda" en *Realismo y Naturalismo. La novela. Historia de la literatura española*, parte I, vol. V, Madrid, Editorial Gredos, 1996, pp. 589-742.

BLANCO DE LA LAMA, A., *Novela e idilio en el personaje femenino de José María de Pereda*, Santander, Concejalía de Cultura del Excelentísimo Ayuntamiento de Santander y Ediciones Librería Estvdio, Colección Pronillo, 1995.

BONET, L. (ed.) J.M. de Pereda, Introducción a su edición de *La leva y otros cuentos*, Madrid, Alianza, 1970, reed. 1987.

GARCÍA CASTAÑEDA, S., *Los montañeses pintados por sí mismos. Un panorama del costumbrismo en Cantabria*, Santander, Concejalía de Cultura del Excelentísimo Ayuntamiento de Santander y Ediciones Librería Estvdio, Colección Pronillo, 1991.

_____. "El viaje en la obra de Pereda: El caso de *Peñas arriba*", en Anthony H. Clarke (ed.), *Peñas arriba, cien años después*, Santander, Sociedad Menéndez Pelayo, 1997, pp. 139-156.

_____. "La obra teatral de Pereda", *Salina*, n° 13, (Noviembre 1999), pp. 81-88.

_____. "La primera empresa periodística de Pereda: *El Tío Cayetano* de 1858-1859", en *Homenaje a José María Martínez Cachero*, II, Oviedo, Universidad de Oviedo, 2000, pp. 645-656.

_____. *Del periodismo al costumbrismo. La obra juvenil de Pereda 1854-1878)*, Alicante, Publicaciones de la Universidad de Alicante, 2004.

GONZÁLEZ HERRÁN, J.M., *La obra de Pereda ante la crítica literaria de su tiempo*, Santander, Concejalía de Cultura del Excelentísimo Ayuntamiento de Santander y Ediciones Librería Estvdio, Colección Pronillo, 1983.

GUTIÉRREZ SEBASTIÁN, R., *El reducto costumbrista como eje vertebrador de la primera narrativa peerediana*, Santander, Colección Pronillo, Ayuntamiento de Santander-UNED Cantabria, n1 20, 2002.

LE BOUILL, J., *Les tableaux de moeurs et les romans ruraux de José María de Pereda.(Recherches sur les rélations entre le littéraire et le social dans l'Espagne de la seconde moité du XIX siècle)*, Thèse pour le Doctorat d'Etat présentée à l'Université de Bordeaux III, Institut d'Etudes Ibériques e Ibéro-Américaines, 1980, (inédita) 3 tomos. Se puede consultar en la Biblioteca Menéndez Pelayo de Santander.

MADARIAGA DE LA CAMPA, B., *Pereda. Biografía de un novelista*, Santander, Ediciones Librería Estvdio, 1991.

MONTESINOS.J.F., *Pereda o la novela idilio*, Madrid, Ed. Castalia, 1961.

PEREDA, J.Mª., "De cómo se celebran todavía las bodas en cierta comarca montañesa, enclavada en un repliegue de la cordillera cantábrica", en *Homenaje a Menéndez Pelayo*, 2 tomos, prólogo de don Juan Valera, Madrid, Victoriano Suárez, 1899, tomo II, pp. 941-946.

SANTOS, A., "Donde hay hechos, están demás los comentarios (sobre los Blasones, las talegas y la honra desengañada)", *BBMP*, año LXXIV, enero-diciembre, 1998, pp. 569-586.

SERVÉN DÍEZ, C., "La novela de Pereda y la construcción del nuevo rico en la ficción narrativa de la Restauración española", *Altazor*, n° 6, (1994). pp. 23-29.

BLASONES Y TALEGAS

– I –

De la empingorotada[1] grandeza y el coruscante[2] lustre de sus antepasados, he aquí lo que le restaba, catorce años hace, al señor don Robustiano Tres-Solares y de la Calzada.

Un casaquín[3] de paño verde con botones de terciopelo negro.

Un chaleco de cabra, amarillo.

Un corbatín[4] de armadura.

Dos cadenas de reló con sonajas, sin los relojes.

Un pantalón de paño negro, muy raído.

Un par de medias–botas con la duodécima remonta[5].

Un sombrero de felpa asaz añejo[6], y

Un bastón con puño y regatón[7] de plata.

Esto para los días festivos Y grandes solemnidades.

Para los días de labor:

Otro casaquín, incoloro, que soltaba la estopa de los entreforros por todas las costuras y poros de su cuerpo.

Otro corbatín, de terciopelo negro, demasiadamente trasquilado.

Otro chaleco, de mahón[8], de color de barquillo[9].

---

1   *Empingorotada*: de alta categoría social.

2   *Coruscante*: brillante.

3   *Casaquín*: levita.

4   *Corbatín*: especie de corbata.

5   *Remonta*: la compostura de las botas cuando se les pone nuevas suelas.

6   *Asaz añejo*: asaz es un adverbio de uso arcaico que significa bastante.

7   *Regatón*: Pieza de hierro en la base de un bastón.

8   *Mahón*: tela fuerte de algodón, también conocida como "de Nimes" (denim)

9   *Barquillo*: hoja delgada de pasta hecha con harina sin levadura, azúcar y miel, generalmente conformada como un cono utilizado para contener cremas heladas.

Otro pantalón, «de pulga»[10], con más pasadas que un pasadizo.

Otro sombrero de copa, forrado de hule.

Unas zapatillas de badana[11]; y

Un par de abarcas[12] de *hebilla* para cuando llovía.

Como ornamentos especiales y prendas de carácter:

Una capa azul, con cuello de piel de nutria y muletillas[13] de algodón; y

Un enorme paraguas de seda encarnada, con empuñadura, contera[14] y argolla de metal amarillo.

Como elementos positivos y sostén de lo que antecede y de algo de lo que seguirá:

Una casa de cuatro aguas con portalada y corral, de la que hablaremos luego más en detalle.

Una faja o cintura de vicios y retorcidos castaños alrededor de la casa.

Un solar contiguo a los castaños por el Sur, dividido desde tiempo inmemorial en tres porciones, prado, huerto y labrantío, por lo que se empeñaba don Robustiano en que tenía *tres solares*, y que ellos daban origen a su apellido; un solar, repito, mal cultivado y circuido de un muro apuntalado a trechos, y todo él revestido de una espesa red de zarzas, espinos y saúco.

Algunos carros de tierra en la mies[15] del pueblo y un molino harinero, de maíz, zambo[16] de una rueda, que molía *a presadas*[17] y por especial merced de las aguas pluviales, no de las de un mal regato[18], pues todos los de la comarca le negaban últimamente sus caudales.

Item, como objetos de ostentación y lustre:

Un sitial blasonado[19] junto al altar mayor de la Iglesia parroquial.

Y un rocín[20] que rara vez habitaba bajo techado, por tener que buscarse el pienso de cada día en los camberones[21] y sierras de los contornos.

---

10   *De pulga*: que tiene las perneras o patas estrechas.

11   *Badana*: piel curtida de carnero u oveja.

12   *Abarcas*: calzado aldeano, hecho de madera.

13   *Muletilla*: especie de botón largo de pasamanería para sujetar la ropa.

14   *Contera*: pieza de metal para reforzar un objeto.

15   *Mies*: (Cantabria) valle cerrado donde los vecinos tienen sus sembrados.

16   *Zambo*: que tiene las piernas torcidas.

17   *A presadas*: intermitentemente, por acción de aguas acumuladas a tal efecto.

18   *Regato*: regajo, arroyuelo.

19   *Blasonado*: con escudo nobiliar.

20   *Rocín*: caballo de mal aspecto.

21   *Camberones*: callejas.

Item más. Tenía don Robustiano una hija, la cual hija era alta, rubia, descolorida, marchita, sin expresión ni gracia en la cara, ni el menor atractivo en el talle. No contaba aún treinta años, y lo mismo representaba veinte que cuarenta y cinco. Pero, en cambio, era orgullosa, y antes perdonaba a sus convecinos el agravio de una bofetada que el que la llamasen a secas Verónica, y no *doña* Verónica.

Por ende, al verse colocada por mí en el último renglón del catálogo antecedente, tal vez *enforcarme*[22] por el pescuezo le hubiera parecido flojo castigo para la enormidad de mi culpa; pero yo me habría anticipado a asegurarla, con el respeto debido a su ilustre prosapia[23], que si en tal punto aparece no es como un *objeto* más de la pertenencia de su hidalgo padre, sino como la segunda figura de este cuadro, que entra en escena a su debido tiempo y cuando su aparición es más conveniente a la mayor claridad de la narración.

En el ropero de esta severa fidalga[24], he dicho mal, en su carcomida percha de roble, había ordinariamente:

Un vestido de *alepín de la reina*[25], bastante marchito de color.

Un chal de muselina[26] de lana rameado; y

Una mantilla de blonda[27] con casco de tafetán, de color de ala de mosca[28].

Con estas prendas, más un par de zapatos, con galgas[29] en los pies, un marabú[30] en la cabeza y un abanico en la mano, ocupaba Verónica, junto a su padre, el sitial blasonado de la iglesia los días festivos, durante la misa mayor.

Ordinariamente no usaba, ni tenía más que un vestido de estameña[31] del Carmen, un pañuelo de percal y unas chancletas[32].

Y con esto queda anotado cuanto a nuestros personajes les quedaba que *de público* se supiese.

Penetrando ahora en la vida privada para conocer también algo de

---

22   *Enforcar*: ahorcar.
23   *Prosapia*: linaje, antepasados.
24   *Fidalga*: arcaísmo de hidalga, noble.
25   *Alepín de la reina*: tejido fino de seda y lana.
26   *Muselina*: tipo de tela muy fina.
27   *Blonda*: encaje de seda
28   *Ala de mosca*: color gris oscuro con reflejos metálicos
29   *Galgas*: cada una de las cintas cosidas al calzado de las mujeres para sujetarlo a la canilla de la pierna.
30   *Marabú*: se refiere a una pluma de Marabú *Leptoptilus crumeniferus*, adorno elegante de la época.
31   *Estameña*: tela basta de lana (empleada generalmente para confeccionar hábitos religiosos).
32   *Chancleta*: calzado bajo y sin talón.

ella, conste que tenían un *Año cristiano* [33] y la ejecutoria [34], envuelta, por más señas, en triple forro de papel de bulas viejas. Con el primero daban pasto a su fervor religioso, leyendo todas las noches la vida del santo del día. Registrando los blasones y entronques de la segunda fomentaban más y más su vanidad solariega [35].

Así nutrían el espíritu.

En cuanto al cuerpo, un ollón de verdura, con escrúpulos de carne y un torrezno [36] liviano y transparente como alma de usurero, se encargaban de darles el poco jugo que los dos tenían.

Exprimiendo y estirando hasta lo invisible las casi implacables rentas que les proporcionaban las tierrucas, podían permitirse *aliquando* [37] el lujo de una arroba de harina de trigo, que amasaba doña Verónica, dándoles una hornada de panes que duraban tres semanas muy cumplidas, alternándolos prudentemente con las tortas de borona [38] que se comían los dos ilustres señores a escondidas y con grandes precauciones.

He dicho que el *Año cristiano* y la ejecutoria constituían el pasto y deleite espiritual de esta familia, y no he dicho bastante, pues conocía don Robustiano otro placer que, si bien muy relacionado con el de hojear la ejecutoria, era aún mucho más grato que éste y, en concepto del solariego, más edificante y trascendental. Consistía en rodearse siempre que hallaba ocasión, y él procuraba encontrarla casi todos los días, de aquellos convecinos suyos más influyentes en el pueblo y de más arraigo, y evocar ante ellos las gloriosas preeminencias de sus antepasados, de las que él apenas vislumbró tal cual destello tibio y descolorido. En tales y tan solemnes momentos, empezaba por explicar la significación histórica de las figuras de su escudo de armas: por qué, verbigracia, el león era *pasante* [39] y no *rampante*, por qué era grajo y no lechuza el pajarraco que se cernía sobre el árbol central; por qué eran culebras y no velortos [40] lo que se enroscaba al tronco de éste; qué querían decir los armiños del tercer cuartel, que los aldeanos habían tomado por un cinco de copas bastante mal hecho, etc. etc... Y desde tal

---

33   *Año Cristiano*: libro de ejercicios devotos, devocionario.
34   *Ejecutoria*: título de nobleza.
35   *Solariega*: que pertenece al solar de antigüedad y nobleza.
36   *Torrezno*: trozo de tocino frito (carne de cerdo).
37   *Aliquando*: arcaísmo que significa de vez en cuando.
38   *Borona*: mijo, o también maíz.
39   *Pasante* y *rampante*: la primera voz aplícase al animal que aparece en los escudos en actitud de andar o pasar, mientras que *rampante* es el animal que está con la mano abierta y las garras extendidas en actitud de agarrar.
40   *Velortos*: *vilorto*, rama flexible o bejuco que se usa para atar en haces la hierba, etc

punto iba descendiendo, poco a poco, por el árbol de su familia, cuyas raíces alcanzaban, claras, evidentes y perceptibles, hasta la época de los Alfonsos[41]. En cuanto al espacio comprendido entre esta época y las anteriores, la leyenda de sus armas, esculpida en todos los escudos de su casa, copias fidelísimas del que constaba en la ejecutoria, le llenaba digna y elocuentemente. Decía así:

> «Antes que nobles nacieran,
> Antes que Adán fuera padre,
> Por noble era insigne ya
> La casa de Tres-Solares .»

Y entonces entraba lo bueno. Según don Robustiano, sus mayores cobraron *marzazgas, martiniegas, yantares y fonsaderas*[42]; no pagaron nunca derechos al Rey *«e le fablaban sin homenaje»*. Uno de ellos fue *trinchante*, en época posterior, de la mesa real, y más acá, acompañando otro a su Alteza a una cacería, tuvo ocasión de prestarle su pañuelo de bolsillo y hasta, según varios cronistas, unas monedas para obsequiar a un mesonero. Cuando pasó Carlos V por la Montaña pernoctó en su casa, dejando por regalo al día siguiente un hermoso mastín que apreciaba mucho el Emperador, el cual regalo dio origen a la colocación de las dos esculturas que lucía la pared de su corral, una a cada lado de la portalada, y que groseramente tomaban los aldeanos por dos *de la vista baja*, o sean cerdos, con perdón de ustedes. Aún más acá, dos hembras de su familia fueron acompañantas de una Princesa de sangre real, y un varón sostuvo cuarenta años pleito con el Duque de Osuna, sobre si a aquél correspondía o no poner seis plumas en vez de cuatro en la cimera del casco del escudo. Todavía en tiempos más modernos, ayer, como quien dice, un su abuelo fue *Regidor perpetuo* de toda aquella comarca; otro cobró alcabalas y barcajes[43], y, por último, su padre, como era bien notorio, gozó muchos años los derechos de pontazgo y de pesca sobre tres pontones de otros tantos regatos del país, y todos los cangrejos, langostinos y hasta *zapateras*[44] que se cogieran en las mismas aguas de los propios regatos. Echar las campanas a vuelo y sacar el palio hasta la puerta de la Iglesia para recibir en ella ciertos días a algún pariente suyo, se vio en el pueblo constantemente; sentarse

---

41 *Los Alfonsos*: reyes de España, cuya lista se inicia con Alfonso I de Aragón e incluye a Alfonso X de Castilla y León, llamado el Sabio.

42 *Marzazgas, martiniegas, yantares y fonsaderas*: clases de impuestos.

43 *Alcabalas, barcajes y pontazgos*: de nuevo, impuestos que se cobraban por el uso de puentes, barcas o ventas.

44 *Zapatera*: boga, pez de la familia *Chondrostoma*, normalmente de 15 cm algunas variedades alcanzan los 50 cm.

junto al altar mayor en sillón de preferencia, lo disfrutaba él; enterrarse cerca del presbiterio, todos, hasta su padre inclusive, lo lograron por legítimo, propio y singular derecho. ¿Y privilegio de talas, de estrena de puertos y derrotas[45], exención de plantíos y de reparto de camberas[46], o prestaciones... y tantísimas cosas por el estilo?... «Pero, ¡ay, amigos!» (y aquí cambiaba don Robustiano su tono campanudo y reposado por otro plañidero y dolorido), «a otros tiempos otras costumbres. Cundieron los francmasones; la impía, la infame filosofía *del francés*[47] invadió los pueblos y cegó a los hombres; cayó el Santo Oficio; asomó la oreja la Revolución; aparecieron los herejes; dejaron de infundir respeto a la plebe cuatro emblemas heráldicos esculpidos en un sillar; sostúvose sacrílegamente que todos los hombres, como hijos de un padre común, éramos iguales en condición, así como en el color de la sangre, creyéndose una grilla[48] lo de que algunos privilegiados la teníamos azul; para colmo de maldades, nos hicieron trizas los mayorazgos y tragar más tarde una Constitución[49]; y como si esto junto no fuera bastante, para no dejarnos ni siquiera una mala esperanza, muere Zumalacárregui[50] al golpe alevoso de una bala liberal. De tan horrible desquiciamiento, de tan inaudita perversión de ideas, ¿qué había de resultar? El sacrificio estéril, pero cruel, de cien víctimas inocentes como yo; la irrupción en los poderes públicos de los descamisados; la herejía, el desorden, la confusión..., el escándalo universal.»

Todo esto y mucho más, decía don Robustiano a sus convecinos, revistiéndose de cuanta elocuencia y dignidad podía disponer, con el doble objeto de satisfacer esa necesidad de su alma y de vengar en los groseros destripaterrones, con la exhibición de tanto lustre, ciertas voces que corrían por el pueblo en son de burla sobre las privaciones y estrecheces que sufrían los dos descendientes de tanto ringo-rango. Por supuesto, que los aldeanos oían al solariego como quien oye llover, y al ver su casaquín raído, no daban un ochavo por toda la letanía de grandezas, que,

---

45 *Estrena de puertos y derrotas*: participación que recibía el señor feudal de lo producido por la primer expedición a determinados parajes realizada por embarcaciones armadas en su comarca.

46 *Cambera*: servidumbre pública para (obligación de autorizar) el paso de carros.

47 Se refiere el novelista al espítiru de "libertad, igualdad y fraternidad de la Revolución Francesa."

48 *Grilla*: de "esa es grilla", expresión familiar para indicar que no se cree en algo.

49 Se refiere a la Constitución española de 1812, promulgada el día de San José (19 de marzo), por lo que se la conoció como la "Pepa". Se erigió en la bandera del liberalismo español frente a las posiciones absolutistas.

50 *Zumalacárregui*: general carlista (1788-1835) que obtuvo muchas victorias contra los ejércitos de Isabel II. Este dato subraya la ideología tradicionalista del hidalgo, coincidente con la del propio Pereda, y que se suaviza bastante al final del relato cuando Zancajos suscribe a don Robustiano a un periódico liberal.

puestas en el mercado, no valdrían a la sazón medio celemín[51] de alubias. Pero don Robustiano creía lo contrario, y se quedaba tan satisfecho.

La misma relación hacía con frecuencia a su hija durante las largas noches del invierno. ¡Y vaya si se engreía doña Verónica al conocer las grandezas de sus progenitores! ¡Vaya si gozaba y si se le ensanchaba el encogido espíritu con la ilusión de que estaba muchos codos[52] por encima de la grosera plebe que la rodeaba en su lugar, único mundo que conocía! ¡Vaya si se juzgaba tan alta y tan ilustre como la más encopetada princesa!

Todas las horas del día que estos entretenimientos, más los indispensables de comer y dormir la siesta, dejaban libres a don Robustiano, las invertía en pasear, bostezando, su larga, arrugada y derecha talla por el balcón principal, o *solana*, de su casa, si llovía, o por el solar si hacía bueno, echando de paso a la calleja las piedras que los muchachos habían metido en el cercado al arrojarlas sobre los castaños vecinos para derribar su codiciado fruto.

Verónica, entretanto, recosía unas medias, soplaba la lumbre o bajaba al huerto a sallar[53] media docena de berzas[54] cuando estaba segura de que nadie la miraba. Todo lo emprendía, todo lo tocaba y todo la aburría al instante, porque es de advertir que Verónica, con toda su ilustre condición, era, amén de otras cosas, tan holgazana como asustadiza, recelosa y huraña.

Sabía leer mal y escribir peor, gracias a que su padre se lo había enseñado en casa, pues éste no quiso que su hija, cuando niña, asistiera a la escuela del lugar, donde necesariamente había de rozarse, con peligrosa familiaridad, con toda la morralla[55] femenil de sus toscos convecinos.

Ya adulta, no la dejó tampoco asistir al *corro*, donde la gente moza baila, goza y ríe; ni la permitió visitar una tertulia casera, ni una *hila*, ni una *deshoja*[56]. Para que formara una idea del primero, la acompañó varias veces a que le viera por encima de las tapias del solar, en cuanto a las segundas, sólo las conocía, con repugnancia, por los relatos exagerados que, respecto a la descompostura y licencia, le hacía don Robustiano.

---

51 *Celemín*: medida de capacidad para áridos. Equivale a 4.625 ml. Doce celemines hacen una fanega.

52 *Codo*: medida antigua, equivale aproximadamente a un pie y medio.

53 *Sallar*: (loc.) sachar, escardar la tierra sembrada para eliminar las malas hierbas y ayudar a la semilla buena.

54 *Berza*: col.

55 *Morralla:* aquí gente de baja condición social.

56 *Hila* y *deshoja*: nótese cómo el narrador consigna en cursiva estos dialectalismos montañeses que se refieren a dos costumbres populares, la de hilar colectivamente durante el invierno en las cocinas, y la de deshojar las panojas de maíz (recreada en *El sabor de la tierruca* [1882]).

De este modo la pobre chica pasó por su niñez y llegó al colmo de la juventud sin una amiga, sin una compañera de juegos e inocentes confidencias, sin haberse reído una sola vez con expansión; sin poder deleitarse con el recuerdo de una mala travesura; sin un deseo vehemente, sin una alegría completa, sin una pena, y lo que es peor, sin poder darse cuenta de su propio carácter ni del de los demás.

La portalada de su casa, con la palanca perpetuamente atravesada por dentro, no se abría, sino en las ocasiones indispensables, o cuando llamaba a ella cierta vecina ya entrada en años, chismosa y cuentera, que les hacía los recados y que, por un fenómeno inexplicable, se había ganado el afecto y, lo que es más asombroso, la familiaridad de don Robustiano, que no honraba con ella por no desprestigiar su grandeza ni aun a su propia hija. Siendo esta mujer la única que trató Verónica con intimidad, amoldóse por entero a su criterio, y tomando su voz por un oráculo, hízose, por necesidad, chismosa como ella. Oír a esta mujer y murmurar a su lado de todo el mundo sin conocerle, era la única tarea que no cansaba a la solariega doncella. Que no amó jamás; es decir, que nunca tuvo novio, no hay para qué consignarlo; su corazón fue siempre extraño a semejante necesidad, además de que su posición era lo menos a propósito para creársela. En los mozos del pueblo, como si fueran seres de otra especie, ni reparó siquiera, saturada como estaba de las máximas aristocráticas de su padre. En cuanto a pretendientes ilustres dignos de ella, ni los había a sus alcances, ni a proponérselos de afuera se presentó embajador alguno dentro de su corral, ni, en verdad sea dicho, le atormentó un solo instante su falta. La vida de Verónica, por obra y gracia de su señor padre, pasaba, dentro de la casona, como fuera de ella la de los castaños; éstos vegetaban con sol y aire, ella con el escaso pan de cada día, los chismes de la vecina y las declamaciones de su padre. Sabía que era noble, que le estaba prohibido el trabajo grosero, aun cuando le necesitase para no morirse de hambre; sabía que eran plebeyos cuantos seres la rodeaban en el pueblo, y como no la enseñaron jamás a cansarse buscando la razón de las cosas ni el fundamento de ciertas ideas, apegada a las suyas postizas, como el árbol a la tierra, dejaba pasar sobre sí años y acontecimientos sin curarse[57] más de ellos que de mi abuela. Ni más sabía ni más necesitaba.

Escasísimas eran las palabras que entre ella y su padre se cruzaban

---

57 *Curarse*: preocuparse, tomar en cuenta.

durante el día, si al buen señor no le daba por hablar de sus antepasados, o por renegar de los tiempos presentes, en los cuales los hombres de su importancia nada tenían que hacer. Por lo demás, si bien es cierto que no se amaban gran cosa, tampoco se aborrecían.

Don Robustiano sabía de memoria todos los apellidos ilustres de la Montaña, y conocía, hasta en su menor detalle, sus respectivos lemas y escudos de armas; pero jamás citaba a las familias, sino por el nombre del pueblo en que residían. Así, por ejemplo, decía: «*los de...*» y sabido era que se refería a la familia del señor Fulano de Tal, que *radicaba* en aquel punto. Profesaba a algunas de ellas, por tradición, cordiales simpatías, y a otras, también por herencia, odio implacable; pero ni las unas ni las otras podían jactarse de haber atravesado, en los días de don Robustiano, los umbrales de su puerta. No era otra la causa de que cuando éste, de Pascuas a San Juan, iba a visitar tal o cual santuario, o a espolvorearse un poco en la feria de acá o de allá o a la capital, rodease media provincia, si era preciso, por no tocar en casa de *los de A* o *de B*, como en su concepto mandaba la *buena cortesía*, si las tales casas se hallaban en el camino recto. De este modo creía él que estaba excusado de recibir en la suya visitas de tal calibre.

Por eso, cada vez que, después de oírse ruido de herraduras en la calleja contigua, llamaba alguien a su portalada, salía corriendo Verónica, y decía, fingiendo la voz:

—¡No está en casa!

Y esta mentira la soltaba por el ojo de la llave, apretando fuertemente con ambas manos el picaporte y cuidando mucho de que no se le vieran las chancletas por debajo de la portalada.

Si el que llamaba no se alejaba en el acto, añadía con zozobra:

—¡Y no vendrá en todo el mes!

Y si aun insistía el de afuera, concluía la de adentro con espanto:

—¡Y está sola la casa... y se llevó la llave don Robustiano!

En seguida se retiraba, y su padre, que observaba el suceso con un ojo por el ventanillo o *cuarterón* de la puerta del *estragal*[58], le decía con febril ansiedad:

—¡Ahora arriba; y silencio, aunque echen la puerta al suelo!

Y el pobre señor sufría angustias de muerte cada vez que se hallaban en trances semejantes, porque es de advertir que su carácter era

---

58   *Estragal*: (loc.) portal, vestíbulo de una casa.

afable y expansivo, y su corazón noble y hospitalario; pero el orgullo, el pícaro orgullo de raza, el ardiente celo por el lustre de su estirpe, eran más fuertes que él, y no podía resignarse a mostrar aquel roñoso polvo de su grandeza, aquella angustiosa desnudez de sus hogares preclaros[59], a los, en su concepto, más esponjados[60] rivales suyos en timbres y pergaminos.

La verdad es que las grandezas interiores de la casa de don Robustiano mejor estaban para apuntaladas que para vistas... Y a propósito: esta ocasión es la más oportuna para dedicar a aquélla el párrafo que le tenemos prometido. Vaya, pues.

Dividíase el edificio en tres partes: baja, principal y alta. En la primera se hallaban las cuadras, el anchísimo soportal y la bodega. La segunda estaba, a su vez, dividida por un largo *carrejo*[61] en dos porciones iguales, una al Sur y otra al Norte. Constaba aquélla de tres piezas, dos de las cuales eran dormitorios y la restante un gran salón llamado de *Ceremonias* por la familia, y sépase por qué. Según don Robustiano, allí recibían sus mayores los *homenajes* de sus *súbditos*; allí trataban y pactaban de potencia a potencia con los señores de aquende y de allende[62] en los apurados conflictos que surgían a cada instante por cuestiones de etiqueta o de administración; allí, en fin, se verificaban todos los actos domésticos que más sublimaban el recuerdo histórico de los ascendientes preclaros de don Robustiano. Por eso consagraba éste al salón de Ceremonias un respeto casi religioso: no entraba en él en mangas de camisa, ni escupía sobre su suelo, ni consentía que se abriese más veces que las puramente indispensables. Por lo demás, no le quedaban otras señales de sus pasados altos destinos que dos retratos ahumados y sin fisonomía ni traje perceptibles a la simple vista, aunque el solariego aseguraba que eran las veras efigies de dos de sus abuelos; un sillón de vaqueta[63], blasonado; tres sillas cojas, de lo mismo; una mesa apolillada, de nogal, con gruesos relieves, y las ensambladuras del techo manchadas y corroídas por las goteras. Tal es la historia del salón de Ceremonias, y tal era el salón mismo. De las dos piezas inmediatas a él, hay muy poco que hablar: estaban tan desnudas y deslucidas como el salón, y es cuanto se puede decir, no contenían más que las camas, de alto y pintarrajeado testero, eso sí; la percha de Verónica, una silla de encina por cada cama, un Crucifijo y una mala estampa de Santa

---

59   *Preclaros*: esclarecidos, ilustres, famosos y dignos de admiración y respeto.
60   *Esponjado*: (fam.) que ha adquirido cierta lozaní que indica salud y bienestar.
61   *Carrejo*: pasillo.
62   *De aquende y de allende*: de aquí y de allí.
63   *Vaqueta*: piel de ternera curtida.

Bárbara encima de la de don Robustiano, y otra percha para la ropa y sombreros de éste.

La parte Norte constaba del mismo número de piezas que la del Sur; pero una estaba ya sin tillado[64] cuando Verónica vino al mundo; la otra se quedó sin techo pocos años después, merced a una invernada cruel que entró por el tejado, llevándose detrás los cabrios, las latas, las tejas y el pedazo de desván correspondiente; la otra, sala de comer y de tertulia en los buenos tiempos, había perdido la mitad del muro exterior, quedando en su lugar un boquete que tenía que tapar don Robustiano todos los otoños a fuerza de *rozo*[65], *morrillos*[66] y barro de calleja, únicas reparaciones asequibles a sus fondos, por el cual boquete se empeñaban en meter la cabeza todas las iras del invierno. Felizmente, la cocina, que se hallaba en terreno neutral a una de las extremidades del carrejo, había quedado servible y respetada de los temporales. De manera que don Robustiano no había tenido más remedio que irse replegando poco a poco a la parte del Sur, a medida que la del Norte se arruinaba. Al fin y al cabo, el pobre señor, disponiendo aún de media casa, y de media casa enorme, apenas podía revolverse en ella, y eso que su ajuar estaba reducido a la última expresión. Para comprender este, al parecer, contrasentido, hay que observar que en cada salón de los citados se podía dar una batalla. Del desván no quiero hablar, pues tal se hallaba, que hasta una mirada le conmovía. No obstante, debe citarse un tesoro que encerraba, un tesoro, en concepto de don Robustiano: dos piezas roñosas de una armadura de un su ascendiente que peleó en San Quintín. Yo juraría que eran dos grandes vasos o cangilones de noria; pero cuando el solariego decía lo contrario, sabido se lo tendría. Dentro del corral (que, como es de ene[67], estaba al Sur y contiguo a la casa), había un pabellón habitable, aunque muy pequeño, que don Robustiano llamaba la glorieta. Allí tenía el solariego todos sus papeles de familia y escasísimos libros de abolengo en una alacena embutida en la pared, junto a una mesa de castaño, sobre la que había una carpeta de badana y un tintero de estaño. Enfrente del pabellón había una teja-vana[68] que servía de leñera, y al lado de ésta un pozo con el correspondiente lavadero.

Añada el lector a todo lo que queda dicho un largo balcón a cada fachada del edificio, un escudo de armas grabado en alto relieve sobre

---

64   *Tillado*: solado de madera.
65   *Rozo*: saleza.
66   *Morrillo*: piedra o guijarro redondo
67   *Es de ene*: es de rigor.
68   *Teja-vana*: "a teja vana", que sólo tiene la cubierta del tejado.

cada puerta, y media torre almenada, cubierta de hiedra en el ángulo del vendaval, y tendrá una idea de lo que era por dentro, por fuera, por abajo y por arriba la casa de don Robustiano Tres-Solares y de la Calzada, llamada en el pueblo, de cuyo nombre tampoco yo quiero ni debo acordarme, el *palacio*.

Hemos dicho que de higos a brevas[69] hacía don Robustiano un viaje a la capital, o a alguna feria o santuario de la provincia, y es conveniente añadir *cómo* le hacía, pues este *cómo* le comía a él la atención mucho tiempo antes y después de la expedición, y constituía uno de los acontecimientos más graves de su estirada y económica existencia.

Concebido el proyecto cuatro o cinco meses antes de realizarle, le consultaba con Verónica y con la almohada, soñaba con él y le[70] rumiaba con lo que comía, y sólo a vueltas de muchas semanas de brega[71] se atrevía a aceptarle como un hecho, tras de muchos y muy recios suspiros, como aquel que se decide a acometer una empresa heroica y descomunal. ¡Y entonces empezaba el trajín gordo! Examen por Verónica del vestido de gala de su padre, costura a costura, botón a botón, pelo a pelo; pasada al calzoncillo; remiendo a la espalda del chaleco; zurcido a la pechera de la camisa; refuerzo a un ojal; cepillo y saliva a esta mancha; estirón y puñetazo a aquella arruga. reposición de jaretas.[72].., y para todo ello, en atención a la transparencia y esencial debilidad de las prendas, un pulso y un equilibrio en los movimientos como si se anduviera con telas de araña o panes de dorar[73]. Esto, por lo que hace a Verónica.

Don Robustiano, por su parte, frotaba las botas con parvidades[74] de tocino; las ponía al sol dos o tres días, y cuando ya las hallaba flexibles y a su gusto, golpe de cepillo y betún, hasta que corrían por su pellejo enjuto mares de sudor y asomaba al de las botas un destello vergonzante y ruboroso de lustre. Examinaba pieza a pieza todas las de la montura de su jamelgo, y afirmaba con bramante encerado las flaquezas de aquellos achacosos viejos restos de mejores días; pero en lo que echaba todas sus fuerzas y ponía los cinco sentidos, era en bruñir las armas de su casa esculpidas en las placas enmohecidas del fron-

---

69   *De higos a brevas*: muy de tarde en tarde. Proviene de que el árbol de la higuera da primero brevas y al poco tiempo higos. No obstante, mientras entre las brevas y los higos transcurre poco tiempo, entre éstos y la nueva cosecha de brevas pasan varios meses.

70   *Le*: leísmo típico del habla de los personajes peredianos y del discurso del propio narrador.

71   *Brega*: trabajo duro.

72   *Jaretas*: costura de adorno.

73   *Panes de dorar*: librillos de láminas muy finas de oro, utilizadas en trabajos de "dorado a la hoja".

74   *Parvidades*: poca cantidad.

talete[75] y del pretal[76], y en las abrazaderas de los estribos de *celemín*[77]. Un mocetón, hijo de un rentero suyo, que al día siguiente había de servirle de paje, o espolique, se encargaba de rascar con un par de garojos[78] el encrespado pelambre del rocín que, pastando siempre a su libertad, como ya se ha dicho, estaba hecho una miseria a fuerza de revolcarse en el polvo y en el barro de las callejas.

Al amanecer se levantaba don Robustiano el día destinado al viaje; daba, por extraordinario, un pienso de maíz al penco[79]; le ensillaba, colocaba en sus respectivos sitios las alforjas y la capa, y dejando las bridas preparadas junto al pesebre, mientras con los granos en él diseminados se regodeaba el manso bruto, se vestía pausada y escrupulosamente con las galas que conocemos, tomaba un huevo pasado por agua, y después de almorzar en la cocina un torrezno de espolique[80], vestido de día de fiesta y con la chaqueta al hombro, bajaban ambos al corral. Allí se embridaba al caballo; daba don Robustiano, por vía de prueba, un par de tirones a las cinchas y, calzando una espuela en el pie derecho y santiguándose luego tres veces, decía al paje, puesto ya en actitud de montar:

—Cuidado con olvidarte de los requisitos de costumbre; sobre todo a la llegada al parador. Allí, ya lo sabes, fuera el sombrero y en seguida mano al estribo y al bocado. Yo, aunque viejo, soy bastante ágil, y si no hay correspondencia y auxilio en los movimientos, puedo llevarme detrás la silla al desmontar, ¡a fe que haría la triste figura un hombre de mis circunstancias rodando por el suelo a los pies de su caballo! Por lo demás, distancia respetuosa siempre... y lo que te he repetido mil veces.

Y esto tan repetido era, que mientras caminasen por callejas o sierras solitarias podía permitirse el paje tal cual interpelación o advertencia familiar a su amo; pero que se guardara muy bien de hacerlo y de no observar la más rigurosa compostura cuando atravesasen barriadas o caminos reales. Sólo en casos muy apurados, le concedía el derecho de interpelarle en público, y eso con tal que no omitiese el previo *señor don*, exigencia en la cual no hubiera hallado nada que reprochar el mismo ilustre paisano suyo, el famoso *Don Pelayo, Infanzón de la Vega*.

---

75 *Frontalete*: *frontalera*, correa de la cabezada y de la brida del caballo.

76 *Pretal*: *petral*, correa ancha que asida a la montura rodea el pecho del caballo.

77 *Estribos de celemín*: realmente *de medio celemín*, estribo de hierro con cobertura para la pierna, utilizado por los caballeros de armadura.

78 *Garojos*: panoja del maíz.

79 *Penco*: caballo de mal aspecto

80 *Espolique*: el mozo que va a pie delante del caballero. Algo "de espolique" es una porción miserable de comida.

¡Y era cosa de admirar cómo cabalgaba don Robustiano! Erguido, cerrada sobre el muslo la diestra mano, las riendas en la izquierda a la altura del estómago, las cejas arqueadas y los labios contraídos, impasible a todo cuanto a su lado ocurriese, atento sólo a devolver los saludos que le dirigían los transeúntes, hundido hasta la cintura entre la capa arrollada en el arzón delantero y las alforjas; fijando alguna vez los ojos fruncidos en el rígido cuello de su cabalgadura, y dándose aires de inquietud por los desmanes fogosos de ella, como si capaz fuese de permitirse tanto lujo de vigor. A una vara del estribo izquierdo marchaba el espolique con su chaqueta y el paraguas del amo al hombro, al mismo trote pausado y monótono del rocín.

En tal guisa[81], parándose a respirar a la sombra de este castaño, bebiendo el mozo un trago de lo fresco... en la fuente de más allá, llegaban al punto prefijado, del que necesariamente habían de volver a casa antes que el sol se ocultase; pues el solariego, ni por razón de alcurnia ni de carácter, osaba caminar de noche, inerme y solo, o poco menos.

Era de rigor entre los hombres de su importancia volver con las alforjas llenas. Don Robustiano las atracaba de lechugas o de cualquier otro vegetal parecido que, costando poco, abultara mucho.

Sus expansiones con Verónica durante muchos días después de la expedición y a propósito de ella, eran del siguiente jaez: —¿Por qué me miraría tanto un lechuguino que hallé en tal punto? Quizá me conociera. Lo mismo me sucedió con unos personajes que iban en coche: hasta sacaron la cabeza para verme mejor. —Creí conocer a una dama que viajaba en jamugas[82]. —Me pareció, a lo lejos, bastante deteriorada la casa de *los de Tal*. —De los siete que comimos en la mesa redonda, tres debían de ser títulos: uno de ellos me hizo plato[83]; los demás me parecieron gentuza de poco más o menos... Por cierto que ahora se gastan unos carranclanes[84] que con ellos parecen títeres los hombres: *el marqués* que comía a mi derecha tenía uno. —En el pueblo de Cual se está levantando un palacio: supuse que le harían *los de X...*, pero se me dijo que le fabricaba, ¡pásmate!, un rematante de arbitrios[85]...

Si el viaje había sido a Santander, los comentarios subsiguientes,

---

81   *Guisa*: manera.

82   *Jamugas*: especie de silla de montar que se afirma sobre las alabardas (silla de carga) para que las mujeres viajen con más comodidad.

83   *Hacer plato*: servir o distribuir en la mesa la comida.

84   *Carranclanes*: adornos del vestido.

85   *Rematante de arbitrios*: un rematante es una persona que consigue un objeto en una subasta. Se refiere con esta expresión Pereda al ascenso social que estaban consiguiendo las personas con dinero pero sin nobleza, ascenso que ponía más de manifiesto la falta de dinero de los hidalgos.

aunque del mismo género, eran más minuciosos, y jamás se le olvidaba contar que, merced a su destreza, el caballo galopó muy erguido al salir por la Alameda, a consecuencia de lo cual todo el *señorío* que en ella paseaba se le quedó mirando, y muchos personajes le saludaron, entre ellos uno que llevaba bastón con borlas y que, en su concepto, debía de ser el Intendente[86].

Creo que el lector con lo que apuntado dejo hasta aquí, tiene cuanto necesita para conocer, algo más que superficialmente, al nobilísimo don Robustiano. En esta inteligencia omito de buen grado otros muchos detalles que aún pudieran añadirse al bosquejo. Pues bien: este personaje, en la ocasión en que yo le exhibo y tal como ustedes le han visto, era feliz. Y quiero que así conste, por si de los pormenores referidos no se desprendiese muy clara semejante felicidad que, dicho sea de paso, no debe chocar a nadie que se fije un poco en las condiciones morales del solariego.

«Las revoluciones, el materialismo grosero de la época», aboliendo los derechos y las preeminencias que llenaron las escarcelas[87] y los graneros de sus mayores, barrieron hasta el polvo de sus pergaminos, sobre los que ya no fiara el siglo una peseta, y dejaron limitado el sostén de su grandeza al miserable producto del exiguo mayorazgo, castigado en la mies por la cizaña y el *pan de cuco*[88], y en el hogar por el orín y la polilla. Pero aún su vanidad era independiente; aún no había tenido que humillarla delante de ningún *villano* en solicitud de un mendrugo para acallar el hambre; aún el árbol venerando de la familia se ostentaba virgen, sin el menor injerto de leña grosera; aún la piqueta revolucionaria no había profanado los enhiestos escudos de su morada...; en una palabra, don Robustiano tenía pura la sangre de su linaje, pan para nutrirse y casa blasonada que le prestaba abrigo en el invierno y sombra en el verano. Es decir, tenía cuanto un pobre de su alcurnia, de sus ideas y de su carácter podía apetecer en los tiempos que corrían, y en ello fundaba su mayor vanidad.

---

86   *Intendente*: encargado de las provisiones. (o autoridad municipal)
87   *Escarcelas*: bolsas para el dinero.
88   *Cizaña* y *pan de Cuco*: Se trata de dos malas hierbas que impedían crecer las semillas.

– II –

Toribio Mazorcas (a)[89] Zancajos[90], era en figura, en carácter, en alcurnia y en y dinero el viceversa de su convecino don Robustiano: chaparro[91], mofletudo, con las piernas formando un paréntesis amazacotado y borroso, como le hiciera un niño sobre la pared mojando un dedo en el tintero de su padre, imperfección de la cual le procedía el mote que llevaba; risueño y hablador, plebeyo por todos cuatro costados, y rico. Fuese en sus mocedades a probar suerte en Andalucía, y allí, fregando la mugre del mostrador de un amo avaro y cruel, supo ahorrar y aprender lo suficiente para establecerse de cuenta propia en una taberna al cabo de algunos años de esclavitud y de sufrimientos indecibles. Poco a poco la taberna llegó a ser bodega; y cuando el jándalo cumplió medio siglo, podía alabarse de contar muchos menos años que pares de talegas. Entonces se vino a la Montaña con ánimo de no volver a salir de ella, y a los pocos meses de establecido en su casa perdió la compañera que, con poco amor y escasa inclinación, había tomado en el mismo pueblo durante una de sus primeras breves visitas a él (generalmente se daba una vuelta por la tierruca cada cuatro años). Al hallarse viudo y rico, pasóle por la mollera la idea de volver a casarse más a su gusto; pero tomando con calma el consejo de su propia experiencia, desistió fácilmente de su empresa temeraria y se consagró desde luego con toda decisión al cuidado de sus muchas haciendas y al de un hijo que le quedaba, muchachón de dieciocho años, fresco, ro-

89   (a): Abreviatura de alias, es decir mote o pseudónimo.
90   Zancajo: calcáneo, el hueso del talón.
91   Chaparro: bajo y ancho, de chaparra, la mata de encina baja y de muchas ramas.

llizo[92], esbelto, buen mozo en toda la extensión de la palabra, y no tonto ni de mal carácter, aunque algo resabiado[93] por el casi abandono en que había vivido cuando más necesitaba freno y dirección, mientras su padre se hallaba en Sevilla más apegado al interés de la bodega que al recuerdo de su familia. Fluctuó el rico Mazorcas entre enviarle a Andalucía a continuar allí explotando su ya morrocotudo[94] filón de riqueza, o casarle de golpe y porrazo[95] con una muchacha que valiera la pena, con objeto de que se encargase de la dirección de las labranzas que aquí poseía el afortunado jándalo; pero temiendo que la inexperiencia del joven diera al traste en pocos días con las botas amontonadas a fuerza de sudores, y, por otra parte, cansado ya de bregar con vacas, salladoras y rozadores[96], y anheloso de verse algún día rodeado de familia decente, fina y de principios, se decidió... por enviar a Antón (así se llamaba el chico) a Santander a un colegio «de los caros», con el fin de que allí se puliese, desasnase y civilizase, para dar comienzo en él al plan de restauración que se proponía con respecto a su descendencia. El tal chico, sin parar mientes[97] en la talla de granadero[98] que ya medía, y guiado sólo de su afán de salir a ver mundo y gastar como un señor algunos cuartos, aceptó el compromiso y se instaló en la capital como su padre quería. Pero antes de un mes se convenció que no estaba ya su madera para tarrañuelas[99], ni su talle para la desgarbada y exigente levita. Con ella era una facha que excitaba la risa en los paseos, mientras que un traje corto y desahogado se llevaba detrás de sí los ojos de las muchachas. En vista de lo cual se volvió al pueblo y se decidió a no salir más de él, ni de su condición de labrador, como sus abuelos, aunque con todas las ventajas y comodidades de que podía rodearle la posición de su padre.

Como éste, y tal vez por la propia causa, no *mecía* gran cosa con las mozas del aparejo redondo[100] tratándose de elegir una para perpetua compañera, le gustaban más las de alto copete, no muy emperejiladas y pizpiretas como las que él había visto en las alamedas de Santander,

---

92   *Rollizo*: acá en el sentido de robusto
93   *Resabiado*: enviciado.
94   *Morrocotudo*: (fam.) de mucha importancia.
95   *De golpe y porrazo*: súbitamente, sin preaviso.
96   *Rozadores*: personas que rozan, es dedcir que limpian las tierras de hierbas inútiles antes de labrarlas.
97   *Parar mientes*: expresión que significa "considerar, recapacitar con particular cuidado".
98   *Talla de granadero*: estatura más alta de lo común (los granaderos eran elegidos entre los postulantes más altos de la milicia).
99   *Tarrañuelas*: castañuelas, "tener madera para tarrañuelas" es demostrar gracia y garbo.
100   *Aparejo redondo*: traje típico de las aldeanas, compuesto de varios refajos y faldas que llevan superpuestos y formando muchos pliegues en la cintura.

sino las modestas y recatadas que, sin dejar de ser señoras «desde sus
principios» y sin carecer de un interesante *personal*, sabían ser «amas
de su casa», Y he aquí el camino por el cual encarriló el demonio al hijo
del plebeyo Zancajos para hacerle ir a parar con sus pensamientos, sin
darse apenas cuenta de ello, nada menos que a la hija del orgulloso don
Robustiano Tres-Solares y de la Calzada, que estaba bien lejos de pre-
sumirse tamaño desaguisado a su estirpe solariega.

Y no se sorprenda el lector, que ya conoce el retrato Verónica, del
gusto del joven Antón, así en cuanto a lo físico como a la moral del
objeto de sus deseos. Verónica, físicamente estudiada, sería en el teatro
o en los salones de nuestras cultas capitales una mujer desagradable a
los ojos de un hombre avezado a saborear los afeites y la voluptuosidad
de las jóvenes de «buena sociedad»; pero colocada en una aldea entre
mocetonas de anchas y pesadas caderas, de tostadas mejillas y de torpes
y varoniles movimientos, no podía menos de inspirar codicioso interés
con su cutis pálido, su pelo rubio y sus manos blancas y pequeñas. La
hija de don Robustiano, bajo este aspecto y era, relativamente a lo que
le rodeaba, una filigrana, una *cosa fina*, materialmente hablando; y en
siendo una cosa fina en estas aldeas, ya tiene cuantos títulos necesita
para conquistar el deseo y hasta la envidia de los aldeanos. Lo *fino* es
para ellos el prototipo de lo bello. Por otra parte, Verónica era señora
por herencia y no *piojo resucitado*[101], como lo atestiguaban cien testi-
monios irrecusables; cualidad que basta y sobra para inspirar a las
gentes sencillas una más que regular consideración, por lo que hace a
sus prendas morales, ni Antón las conocía, ni aunque las conociera hubiera sido capaz de apreciarlas con su falta de mundo.

Lo cierto es que el hijo de Toribio Mazorcas, empezando por mirar
con atención las dotes personales de Verónica y por recrearse en el
examen de las aristocráticas, concluyó por cobrar a la hija de don Robustiano un verdadero interés.

Tanto, que habló a su padre del asunto; y como la feliz casualidad
de que Zancajos no miraba sin cierta envidia el sitial de preferencia en
la Iglesia y los blasones del *palacio*, por más que muchas veces se hubiese reído de las hinchadas presunciones de su *noble* convecino, lejos
de combatir las inclinaciones de Antón, le prometió apoyárselas con la
mejor voluntad.

---

101 *Piojo resucitado*: expresión que alude a las personas de condición humilde que han as-
cendido socialmente.

Así las cosas, un domingo volvía Verónica de misa, sola, porque don Robustiano se había quedado en la sacristía a saludar al señor cura. Iba, como de costumbre, a un paso más que regular y sin otro pensamiento que el de llegar a casa cuanto antes, pues en fuerza de vivir en oscura reclusión había cobrado miedo hasta a la luz y al aire de la libertad. Ya doblaba el ángulo de un muro de la calleja por donde marchaba, y podía distinguir hasta los clavos de su portalada, cuando se halló frente al hijo de Mazorcas.

Vestía el esbelto chico su mejor ropa, luciendo en cada bolsillo de su finísima chaqueta un pañuelo de seda, cuyos picos caían por fuera, como a la casualidad, pero en rigor con mucho estudio; calzaba ajustados zapatos de becerro en blanco con trencillas verdes, medio cubiertos por la ancha y graciosa campana de un pantalón de satén color de caramelo; prendía con dos gemelos de oro el ancho y almidonado cuello de su camisa de batista, de bordada pechera, ocultando la mitad de los primores de ésta entre las solapas de un chaleco de terciopelo azul con bandas carmesí, y cubría su cabeza con un sombrero de copa, bajo cuyas alas asomaban sobre las sienes dos grandes rizos de pelo negro y lustroso.

Al hallarse Antón enfrente de Verónica se descubrió respetuosamente, y cediéndole galante los morrillos que en aquel sitio pudieran llamarse acera, dijo con voz no muy segura:

—Muy buenos días, señora doña Verónica.

Esta, sin levantar su vista del suelo, pero acelerando más el paso que llevaba, contestó con la mayor indiferencia:

—Buenos días, Antón.

Y Antón, revolviendo el sombrero entre sus manos, la vio alejarse algunas varas, luchando entre sus deseos, su turbación y el recelo de no volver a hallar ocasión tan propicia. Pero bien pronto, haciendo un supremo esfuerzo durante el cual se cambiaron veinte veces los colores de su cara, se decidió por lo que más le interesaba, y avanzó hacia la solariega, atreviéndose a llamarla bastante recio:

—¡Doña Verónica!

No hubiera hecho más efecto en la hija de don Robustiano dos banderillas de fuego que esta interpelación del hijo de Toribio Mazorcas. En un instante asaltaron su mente aprensiva los temores más extraños; y no teniendo formado el mejor concepto de la conducta de

Antón, hasta le creyó capaz de asesinarla allí mismo. En consecuencia, lejos de responder al llamamiento, apretó más y más el paso que estuvo a pique de llegar a carrera. Pero Antón se había resuelto a no dejar la empresa una vez metido en ella. Avanzó, pues, hasta ponerse al lado de la fugitiva, y le dijo dulcificando la voz cuanto le fue dable:

—Tengo que pedir a usted un favor.

Entonces Verónica no pudo menos de detenerse. Trató de combatir su turbación, y retorciendo los picos de la mantilla entre sus manos convulsas y pálidas como la muerte,

—¿Un favor... a mí? –dijo, entre desabrida y asustada.

—A usted, sí, señ... –respondió Antón sin poder pasar de la *ñ*, porque la emoción le atascó, como un tarugo[102], la garganta.

Dio nuevas vueltas al sombrero entre sus manos, miró a Verónica y después a los morrillos de la calleja, y en seguida al cielo, y luego a cada uno de los treinta y dos vientos de la rosa[103], hasta que por fin, logrando tragar el tarugo, rompió a hablar de esta manera:

—Yo, doña Verónica, presunto el respeto que Dios manda y que usted me contribuye, porque se lo merece, quería decir a usted ahora lo que... vamos, lo que ya la hubiese dicho más de cuatro veces al habérseme acomodado tan buena proximidad como ésta... La verdad es, señora doña Verónica, tomando el intento con el arrodeo del caso, que yo no estoy de lo más convenido ni amoldado al gentío del pueblo; y ya que mis medios me lo permiten, quería transigir a mi gusto y proporcionarles comenencias... Usted, por sus principios de nacimiento y finura de personal... Vamos al decir..., que si... yo...

Y aquí volvió a anudársele la garganta.

A Verónica le rodaban las gotas de sudor por su cara, cada vez más lívida y descompuesta.

Antón, tras unos momentos de silencio, durante los cuales se repuso algún tanto, continuó:

—Quiero decir que, como tengo bienes de fortuna y no soy bebedor ni pendenciero ni amigo de rondar las hijas del vecino, creo... sin que esto sea menosprecio y me esté mal en decirlo, creo que... vamos, no son quién para mí las mozas del lugar, llamado a contraer enuncias[104] el día de mañana... Porque, doña Verónica, a mí me dio

---

102 *Tarugo*: clavija gruesa de madera.

103 *Los treinta y dos vientos de la rosa*: La rosa de los vientos, en el lenguaje de la navegación, es un círculo en el que se marcan los 32 rumbos en que se divide la vuelta del horizonte. Esta expresión está usada en sentido figurado para indicar las vueltas que dio el muchacho antes de dirigirse a Verónica.

104 *Contraer enuncias*: dialectalismo vulgar por contraer nupcias, es decir, casarse.

Dios un corazón muy blando de su natural y un poco de sentido acá a mi manera, y pienso que con esto y los cuatro cuartos que uno tiene puede, si a mano viene, declinar a una miaja de finura y cortesía que le consuele en una inclemencia... Por otra parte, no dejo de conocer que he descuidado bastante los principios gramaticales de colegio y demás, porque mi padre se acordó ya muy tarde de que yo era más rico de lo conveniente para bregar con los terrones como un pelifustrán[105] de tres al cuarto[106]; pero si reflexiono que tengo, como he dicho, medios para manutenciar a una señora en todos sus requisitos, y genial para contemplarla como a los oros de la Arabia, con tal que ella se contrapunte siempre en las circunstancias del temor de Dios y de la buena ley, a mí, creo que bien puedo, sin ofender a nadie, echar un memorial en este respetive... ¿No es verdad doña Verónica?

—Me parece que sí –tartamudeó maquinalmente ésta, que ya no sabía adónde poner el cuerpo ni la vista, y, en fuerza de tirar de los picos de la mantilla, había hecho de ella un turbante tunecino.

Antón, después de limpiarse el sudor con uno de sus dos pañuelos de seda, continuó:

—Pues bueno; en contingencia de estas razones, y sin más ites ni consonancias, sépase usted, doña Verónica que lo que yo quiero con todas las ansias de la cortesía es... casarme con usted.

Tres sacudidas sintió Verónica en su corazón; tres sacudidas que le produjeron en los oídos como tres cañonazos, y en seguida se le cubrió la cara de un color más encendido que el del paraguas de su padre, jamás se había visto en otra el pálido semblante de la solariega. Sin embargo, téngase en cuenta que no era oro todo lo que relucía. Lo inesperado de la declaración, el sitio en que se le hacía, la novedad del lance y el orgullo de raza, un si es no es[107] agraviado, contribuyeron un poco a producir el fuego que al cabo lograba inflamar una vez aquel gélido organismo.

Antón, que al soltar la andanada había bajado la vista al suelo, como si se asustara de su propio atrevimiento, osó levantarla hasta la altura de la cara de Verónica, precisamente en el instante en que ésta llegaba al colmo de su inflamación, digámoslo así... Y, lectores, preciso es confesar que la hija de don Robustiano le iba el rubor a las mil maravillas: ¡de veras que estaba guapa con las mejillas coloradas!

---

105 *Pelifustrán*: (vulg.) pelafustán (fam.) persona holgazana y pobretona.
106 *De tres al cuarto*: (fam.) de poco valor.
107 *Un si es no es*: algo dudoso, poco firme e inseguro.

Al conocerlo así Antón, no pudiendo contener la expansión de su entusiasmo, exclamó, dando al mismo tiempo dos puñetazos al sombrero que siempre conservaba respetuosamente en la mano:

—¡Doña Verónica, dígame usted que sí... o me solivianto!

No sé qué entendería Verónica por soliviantarse en aquel caso; pero es indudable que la palabra y también algo la acción que la acompañó, acabaron de desconcertarla... precisamente en el instante en que don Robustiano doblaba el ángulo de la calleja. Verle la atortolada muchacha, palidecer hasta lo de costumbre, escapar hacia la portalada y cerrarla detrás de sí, dejando al entusiasmado Antón con la boca cerrada y los ojos echando lumbre, fue cosa de un solo instante.

Pero don Robustiano la vio, y en el acto dedujo, así de su huida como de la actitud de Antón, que allí había pasado algo extraordinario. En consecuencia, acortó su ya bien lenta marcha y comenzó a hacer el molinete[108] con su bastón, Al llegar junto al hijo de Mazorcas hundió la barbilla en los abismos de su corbatín, doblando el cuerpo hacia atrás al mismo tiempo, y miró al chico frunciendo el entrecejo. Entonces reparó Antón en el solariego; púsose encendido como un tomate maduro y, apartándose a un lado, saludó respetuosamente a don Robustiano; pero éste, sin dejar de mirarle ni de hacer el molinete, continuó marchando inalterable y silencioso hacia su casa.

Al entrar en ella, y antes de cerrar la portalada, exclamó con acento melodramático:

—¡Sol de mi estirpe!, ¿habrá osado mirarte frente a frente ese baldragas?[109]

Era por carácter don Robustiano, como se ha visto, suave, apacible y bondadoso hasta el extremo de que a su lado no hubiera habido un pobre si sus recursos le hubieran permitido ser pródigo. Ni las indispensables rencillas de vecindad, ni los manejos del Ayuntamiento, nada de cuanto constituye el interés y la comidilla favorita de la gente de estas aldeas, lograba sacarle de su serena dignidad; pero que oyera anteponer un *don* al nombre de un plebeyo; que viera vestido con una prenda dos dedos más larga que la chaqueta a un rústico labrador; que entrara en aprensión de que su vecino no le había saludado al pasar con la debida consideración, o que tal otro se había reído del marabú de su hija o del escudo de su portalada... ya no dormía. Que se atreviera al-

---

108 *Hacer el molinete*: hacer movimientos circulares con el bastón.
109 *Baldragas*: hombre flojo y sin energía.

guien a sostener que cuatro miserables onzas de oro valían más o eran más dignas de respeto que todos los empolvados pergaminos del más empingorotado infanzón; que le hicieran capaz de cruzar con su sangre noble y pura la borra miserable de un destripaterrones; que, como una provocación a su augusta pobreza, osara un villano meterle por los ojos el brillo de su riqueza improvisada..., ya se ponía trémulo e iracundo, y era capaz de arrojar un sillón[110] a la cabeza del provocador. Por eso odiaba a muerte a Toribio Mazorcas. Zancajos vivía cerca del palacio, en una gran casa pintada de verde y amarillo, con recios muros de pulida sillería y elegante balconaje de hierro, respirando el flamante edificio abundancia y alegría por todas partes, La contigüidad de esta casa a la vieja, descolorida y vacilante de don Robustiano, era, en concepto de éste, un reto desvergonzado y continuo a su rancia dignidad. Por otra parte, en el pueblo era conocido el rico jándalo, más que por Zancajos, por *don Toribio*, que por añadidura era bromista y risotón como unas castañuelas. ¿Cómo había de sufrir en calma tan irritantes provocaciones el fanático solariego?

Júzguese ahora de lo que pasaría por sus adentros cuando sorprendió a Verónica con el hijo de Mazorcas en pecaminosa plática, según las señas.

No bien entró en casa, sin detenerse en su alcoba a quitarse el sombrero y mudarse el casaquín, se dirigió al salón de Ceremonias, tomó asiento en el sillón central y llamó con voz terrible a Verónica.

Esta, que temiéndose algo grave andaba trémula y despavorida de rincón en rincón desde que había llegado a casa, acudió al llamamiento de su padre con la cabeza caída sobre el pecho y las manos cruzadas sobre el delantal.

—Míralos frente a frente –le dijo don Robustiano señalando a los dos retratos de la pared.

Verónica, obedeció, y por cierto muy satisfecha de que no se le exigiera más.

—Esa impasibilidad me tranquiliza algún tanto –pensó don Robustiano–. Y añadió en voz alta:

—Al volver de misa te he sorprendido en la calleja con ese ganapán[111] grosero, hijo del aún más rústico jumento[112] de oro, Toribio Mazorcas... Al verme, tú huiste despavorida y él se quedó hecho una

---

110 *Sillón*: probablemente el autor no se refiera a una "silla" grande sino a un "sillar" grande, la piedra labrada en forma de cubo que se utiliza en construcción de edificios "de sillería", ya que el lanzamiento de piedras es una de las destrezas en las justas montañesas.

111 *Ganapán*: mandadero, quien se gana la vida llevando y trayendo lo que le mandan.

112 *Jumento*: asno.

bestia... Todo esto es muy grave, Verónica, y me vas a decir lo que significa.

Y Verónica sintió, por segunda vez en el día y en la vida, arderle la cara. Bajóla aún más, pero no contestó una palabra.

—¡Qué significa todo eso, repito! –añadió don Robustiano.

—Nada, señor padre –contestó al fin la hija tartamudeando.

—¡Ira de Dios! ¿Cómo que nada?

—Nada, señor padre.

—¡Celliscas y granizo! ¿Y esa vergüenza que te vende?... Si nada malo has hecho, ¿por qué corriste al verme? ¿Por qué ahora, cuando te lo pregunto, te pones encarnada?

—Porque como su merced está tan enfadado y es ésta la primera vez que conmigo le sucede...

—Es la verdad: jamás te he reñido, y eso te probará la magnitud del motivo de mi cólera... Así, pues, habla y no trates de engañarme: ¿qué ha sucedido en la calleja?

—Yo, señor padre, verá su merced... Venía de misa, sola, porque su merced se quedó hablando con el señor cura..., y viniendo sola, al llegar a la esquina del solar de Toribio, pasó su hijo y me dio los buenos días... Yo seguí, seguí hacia casa sin reparar en él siquiera..., cuando va y me llama con la mayor cortesía...

—¡Fuego divino!

—¡Señor, que me asusta su merced!

—¡Cortesía! ¡Cortesía!... ¡Cortesía un zamarro[113] como ese!... ¡Cortesía ese cerdo!...

—Sí señor, con mucha cortesía...

—¡Acaba!

—Primeramente me dijo que tenía que pedirme un favor... y por eso me paré... Entonces, entonces me habló de que sus sentimientos por arriba, y de que su riqueza por abajo..., y que yo... y mis prendas...

—¡Truenos y relámpagos! ¿Sería capaz ese camueso[114], rascaboñigas, de decirte galanteos..., a ti, a la nieta de cien nobles?

—¡Jesús-María, señor padre, si su merced se enfada tanto!...

—¡Habla! ¿Qué sucedió al cabo?

—Pues nada, señor padre, que... me habló... yo no sé de qué..., porque la verdad es que no le entendí la mitad de lo que me dijo.

---

113 *Zamarro*: (fig. y fam.) hombre tosco, lerdo, rústico, pesado y sin aseo.

114 *Camueso*: (fig. y fam.) hombre muy necio e ignorante.

—¡Pero te faltó!

—No lo crea su merced, señor padre: ni una vez siquiera dejó de llamarme doña Verónica.

—Pues, hombre, hasta el extremo de negarte el don, el don que es tuyo por derecho divino, pudo haber llegado ese pendejo[115]... pero vamos adelante... ¿Qué más pasó? Apuesto una oreja a que te manifestó algunas pretensiones.

Verónica al oír esto, acabó de hundir en el pecho su cara cada vez más roja. Don Robustiano saltó sobre el sillón y gritó fuera de sí:

—¡Rayos y centellas! ¿No lo dije? ¡Tú la has hecho hoy, Verónica!

— ¡Señor –respondió ésta casi llorando–, puedo jurar a su merced que ni siquiera me tocó en el pelo de la ropa!

—¡Qué ropa, ni qué pelo, ni qué doscientos mil demonios! Te detuvo, osó mirarte a la cara, hablarte, decirte chicoleos[116] como a una tarasca bardaliega[117]; él, un panojo[118] hediondo, un rocín indecente; a ti, mi hija, la descendiente de un real trinchante y de cien señores de primer lustre. ¿Qué más agravio? ¿Qué más profanación? ¿Qué más infamia? Pero ya se ve; estamos en los tiempos de la igualdad... ¡de la canalla, digo yo!, y ya no hay picotas ni parrillas para los villanos insolentes ni para los sacrílegos... Verónica, tu madre, que murió al echarte al mundo, tu noble, tu ilustre madre, la única mujer digna de estas siete comarcas, por sus títulos de nobleza, de unirse a mí; tu madre, digo, no te dio ese ejemplo. Hembra denodada y majestuosa, purgó como buena, con un torozón[119] y tres sangrías, el requiebro francés de un soldado de Napoleón: «charmante femme» la dijo al pasar, y ella, indignada, aunque sin comprender la frase, a la vergüenza de aceptarla prefirió caer desplomada en mis brazos... Pero tú no te has muerto al escuchar la escoria inmunda que te arrojó al oído ese bodoque[120], mal criado y peor nacido... Eres hija desnaturalizada, has prevaricado[121] y no te quiero ver delante... Vete, vete lejos de mí...; y cuenta que no te pongo a pan y agua... porque eso no sería penitencia para ti.

Verónica, sin esperar a que le repitiera su padre la orden, sin alzar la cabeza y pisando corto y menudito, salió del gran salón y no se detuvo hasta la cocina.

---

115 *Pendejo*: (fig. y fam.) hombre cobarde y pusilánime.
116 *Chicoleos*: dichos o donaires que se usan con las damas por galantería.
117 *Tarasca bardaliega*: expresión que equivale a una mujer de mala reputación.
118 *Panojo*: (loc.) personaa de cabello rubio muy claro.
119 *Torozón*: cólico, dolor agudo de vientre, enteritris de los equinos.
120 *Bodoque*: bola de barro endurecida, (fig. y fam.) inepto, quien tiene poco talento.
121 *Prevaricar*: cometer una falta a sabiendas quebrantando un juramento

Cuéntase que don Robustiano, al quedarse solo, cayó de hinojos ante los retratos de sus dos antepasados, y, rodándole las lágrimas por sus enjutas mejillas, ofreció a las roídas imágenes su vida inmaculada en reparación del crimen de su hija, según él, primera *demagoga*[122] en aquella larga y copetuda familia.

.122 *Demagoga*: expresión que se refiere irónicamente al deseo de Verónica de igualarse socialmente con el pueblo.

– III –

Cuatro días necesitó Verónica para poder darse cuenta de los extraordinarios sucesos que le habían ocurrido en media hora. Al cabo de ese tiempo, y cuando ya el recuerdo de los anatemas de su padre no la hacía estremecerse, analizando en todos sus detalles la escena con Antón en la calleja, llegó a sacar en limpio:

Que su vanidad de noble no se resentía ya al considerar la falta de etiqueta cometida por el plebeyo Mazorcas, en el hecho de haberla detenido y requerido de amores a la faz del sol;

Que había hecho muy mal en aturdirse tanto como se aturdió al escuchar las manifestaciones de aquél, y mucho peor en no haberle respondido con un poco de agrado;

Que Antón era un buen mozo, con los ojos así y las narices de tal modo y la boca de cuál otro;

Que todo esto lo había visto ella sin saber cómo, pues juraría que no había mirado una vez siquiera al mozo durante su conversación con él, ni hasta entonces se había parado jamás a considerarle tan al pormenor;

Que al paso que se borraban de su memoria con la mayor facilidad las iracundas expresiones de su padre, las respetuosas y suaves de Antón se le habían grabado en ella a mazo y escoplo;

Que cuanto más examinaba éstas, más las quería examinar, y cuanto más quería examinarlas, más le latía el corazón y le zumbaban los oídos; y por último,

Que Antón la había dicho que consistía su felicidad en casarse con ella, lo cual significaba que la quería de veras.

En seguida se atrevió a pensar:

Que casarse con Antón equivalía, porque Antón era muy rico, a vestir y comer todo cuanto apeteciera; a salir de estrecheces y privaciones; a reír como todo el mundo; a ser el ama de una casa llena de ropa nueva y firme, y, sobre todo, a dar fomento, expansión y cuerpo a aquel inexplicable sentimiento que por primera vez experimentaba en su vida; aquel rarísimo *no sé qué* que la hacía encontrar *algo* en el ruido del follaje, en el curso del agua, en el contacto del aire y, en la luz del sol; algo que hasta entonces había pasado en la naturaleza inadvertido para ella;

Que una vida, como la suya hasta allí, consagrada al recuerdo triste, monótono y miserable de su rancia progenie, era una abnegación estúpida y sacrificio estéril; al paso que compartida con la de un hombre honrado, cariñoso y pudiente, tenía que ser más útil, más placentera y más grata a Dios que se le había dado.

En fin, por pensar en todo, hasta pensó:

Que era una solemne majadería creer que valía más cuantos más timbres tenía su ejecutoria.

Como se ve, la hija de don Robustiano empezaba, aunque un poco tarde, a pagar su tributo a las leyes de la Naturaleza; que Dios no formó a la mujer con el solo destino de vegetar como un helecho.

Aparte de los pensamientos que la hemos descubierto, otros síntomas exteriores mostraban bien a las claras el cambio radical operado en ella en tan breve tiempo. Una mirada viva e insinuante brillaba en sus ojos, antes yertos y apagados; animaba su boca, de ordinario marmórea y mal cerrada, el alegre perfil de la sonrisa, y el color de sus labios y mejillas no era ya el de los fúnebres blandones[123], sino el de las rosas de mayo. Tampoco le causaban tedio las faenas domésticas: al contrario, se aficionó de repente al trabajo y se apasionó del aseo y del orden; y siempre en actividad y movimiento, la antigua rigidez de su talle se trocó en agradable y hasta elegante flexibilidad.

Dormía poco y soñaba con Antón; y no bien oía su cantar en la calleja, ya estaba atisbando por las rendijas de las ventanas para ver y oír si la cantaba a ella y si el que cantaba era *él*... Por de contado que para

---

123 *Blandones*: velas de cera, muy gruesas.

esto, y hasta para pensar, se ocultaba de su padre, que desde la escena consabida la trataba con la severidad más implacable.

Entretanto Antón, a quien dejamos más atrás saludando a don Robustiano después de haber declarado su atrevido pensamiento a Verónica, al ver cómo ésta le abandonó a lo mejor, cuando él aguardaba de sus labios una palabra digna del emperejilado discurso que ya conocemos, sintió crecer más y más su entusiasmo por la solariega, y juró que había de llevar adelante la empresa, o de «finiquitar» en ella.

En consecuencia de sus firmes propósitos... Pero atiendan ustedes, y perdonen, que donde hay hechos están de más los comentarios.

Era una tarde del mes de agosto. Pesados, plomizos nubarrones avanzaban casi tocando las cumbres de las altas montañas que limitaban el horizonte de la casa de don Robustiano; las hojas de los castaños que la circundaban no se movían; los vencejos se cernían y revoloteaban sobre el campanario de la aldea, como si jugaran a las cuatro esquinas; el aire que se respiraba era tibio; el calor, sofocante. De vez en cuando se rasgaban los nubarrones, y una rúbrica de fuego, precursora de un sordo y prolongado trueno, daba fe de que se estaba armando por allá arriba el gran escándalo: los obreros se apresuraban a *hacinar* en la mies la hierba segada y seca; el ganado suelto se arrimaba a los bardales[124] de las callejas, y los perros, con las orejas gachas y rabo entre piernas, a un trote menudito tornaban a sus corraladas respectivas a roer un hueso el que había tenido antes la suerte de robarle, o a lamerse las patas o echar una siesta los menos afortunados, al amparo de una pértiga o de un montón de junco seco, mientras pasaba la ya próxima tormenta.

Don Robustiano y Verónica contemplaban estos síntomas con un miedo cerval, y al oír el cuarto trueno cerraron todas las puertas y ventanas de la casa. Siguiendo la costumbre establecida en ella en lances de tal naturaleza, Verónica corrió a buscar el libro del *Trisagio* y la *vela de los truenos*[125] –cuya virtud consistía en ser una de las empleadas en alumbrar el Monumento de Semana Santa–, y entregó ambas cosas a su padre. Este sacó de un haz de pajuelas[126] una a medio quemar, y se dirigió con ella a la cocina, seguido de Verónica, que no se atrevía a estar sola en ninguna parte de la casa. Arrimó con mucho tiento la pajuela a las brasas y después a la vela, y ésta quedó encendida a vueltas

---

124 *Bardal*: zarzal, matorral.
125 *Trisagio y Vela de los truenos*: Durante las tormentas era costumbre rezar una oración a la Santísima Trinidad (Trisagio) o a Santa Bárbara delante de una vela encendida.
126 *Pajuela*: pedazo de cuerda mojada en azufre que se usaba para encender luz rápidamente.

de tres estornudos del pobre señor, a cuyas narices llegaba sofocante y nauseabundo el humo del infernal amasijo.

Y porque no se me tache de demasiado minucioso, al llegar aquí, por algún lector impaciente, debo advertir:

1.º Que don Robustiano había jurado no admitir en su casa, rancia y apegada a los viejos usos, los fósforos de cerilla, ni siquiera los de cartón, por ser uno de los modernos inventos que más caracterizaban el espíritu de la época.

2.º Que si encendió la pajuela de las brasas y la vela en la pajuela, y no la vela en los tizones directamente, fue porque siendo la llama de éstos más fuerte que la de la pajuela, derretía la cera que le aproximaba mientras a fuerza de carrillo prendía el pábilo, y la cera costaba cara.

Queda, pues, demostrado que los pormenores consabidos no están a humo de pajas[127] y sin su razón *de carácter* en el sitio en que los puse. Y ahora prosigo.

Encendida la vela, puso don Robustiano delante de la llama, trémula y escasa, la palma de su mano a guisa de pantalla, y marchó carrejo adelante a paso de procesión, siempre seguido de Verónica, hasta su alcoba, en la que había, como se recordará, una imagen de Santa Bárbara. Hincáronse ante ella padre e hija, después de colocar la vela en un candelero de metal amarillo; abrió don Robustiano el libro de oraciones, y dijo santiguándose:

—En el nombre del Padre, del Hijo y del Espíritu Santo.

—Amén –contestó desde la puerta de la alcoba una voz robusta.

—¡Jesús, María y José! –gritaron padre e hija, pensando que algo sobrenatural ocurría allí.

Y cuando se atrevió don Robustiano a mirar hacia atrás se halló con su vecino Zancajos apretándose los ijares y riendo a más mejor.

—¡Bárbaro! –rugió colérico el solariego poniéndose en pie.

—¿Qué será esto? –pensó Verónica al ver en su casa y tan inesperadamente al padre de Antón.

—¡Tú solo eres capaz de eso, animal! –añadió don Robustiano echando espumarajos por la boca.

—¡Ja, ja, ja! –reía cada vez con más ganas el intruso.

—¡Toribio!

—¡Ja, ja, ja!

---

127   *A humos de pajas*: sin reflexión ni consideración.

—¡Zancajos de los demonios! ¿Vienes a provocarme a mi propia casa?... Y ahora que me acuerdo, ¿cómo has entrado en ella, bandido?

—Aprovechando la salida de la obrera o sirvienta..., o lo que sea esa bruja chismosa que está siempre metida aquí... Llegaba yo con ánimo de visitar a ustedes; vi que se abría la puerta y me colé, porque dije: si dan en no abrir, por más que yo llame no asomo al corral en todo el santo día de Dios.

—En mi casa no entra nadie sin mi permiso.

—Lo sé muy bien, señor don Robustiano.

—Entonces...

—Pero hay casos...

—Acabemos: ¿qué morcilla se te ha roto aquí? ¿Qué tienes que decirme?

—Poco y bueno.

—¿Bueno y tuyo? ¿Y qué haces callado?

—Esperando a que usted me deje hablar... Como se me ha hecho un recibimiento tan suave...

—El que merece un hombre que se introduce como tú en el hogar ajeno.

—¡Ja, ja, ja!

—¿Otra vez, Toribio?

—Perdone usted, don Robustiano, que soy muy tentado de la risa...

—¿Acabas o no? ¿Qué es lo que tienes que decirme?

—Si doña Verónica nos dispensa el favor de dejarnos solos un instante...

—Mejor será que la dejemos nosotros a ella. Así como así, ya que el diablo te pone a mis alcances, no quiero que te vayas sin llevar las orejas calientes a propósito de cierto asunto. Vente conmigo.

—Adonde usted quiera, don Robustiano.

Toribio Mazorcas se puso en seguimiento del solariego, que le condujo al salón de Ceremonias, cerrando, cuando en él estuvieron, la puerta, a la cual se pegó por fuera Verónica como una lapa, no tanto por el miedo que tenía, como hemos dicho, al quedarse sola durante la tormenta, cuanto por escuchar la conversación por el ojo de la cerradura.

Vestía Zancajos un rico traje oscuro, de corte medio entre el de caballero y el de hombre de pueblo, brillando entre los rizos de la chorrera de su camisa los gruesos eslabones de una cadena de oro que salía después sobre el pecho y bajaba en dos grandes ramas a perderse en uno de los bolsillos del chaleco; calzaban sus enormes pies brillantes botas de charol, y llevaba en la mano un recio bastón de caña de Indias con puño y contera de oro.

Ninguna de estas prendas pasó inadvertida para don Robustiano; antes al contrario, las examinó de reojo, una a una y sintió con indignación herirle las pupilas los rayos de tanto lustre, porque los consideró, según costumbre, como un insulto a su descolorida pobreza. Y como en situaciones análogas era cuando más irritada se erguía su vanidad, tomó asiento con aire majestuoso en el sillón de los blasones y dejó delante de él y de pie al rico Mazorcas que, como hombre de buen humor, se reía de aquellas debilidades.

—Habla –le dijo el solariego ahuecando la voz.

Mas antes que Toribio desplegase los labios, dejóse oír un trueno horrísono que hizo temblar el pavimento.

—¡Santa Bárbara bendita! –exclamó don Robustiano cubriéndose la cara con las manos.

—Que en el cielo estás escrita
con papel y agua bendita
en el ara de la Cruz
líbranos. Amén, Jesús.

concluyó Verónica desde su escondrijo, dando diente con diente.

—Esto pasará, don Robustiano –dijo Mazorcas.

—¡Ya habría pasado si nos hubieras dejado rezar el *Trisagio* en paz y en gracia de Dios!

—Si es por eso, ya lo estarnos rezando, que precisamente me lo sé de memoria desde que era tamañico... Y si no, escuche y perdone:

El trisagio que Isaías
escribió con grande celo,
le oyó cantar en el cielo
a angélicas jerarquías...

—¡Toribio!... No te burles de las cosas santas, ya que las mundanas te merecen tan poco respeto.

—Yo no me burlo, señor don Robustiano; que, a Dios gracias, soy hombre de mucha fe.

—En fin, alma de Satanás, ¿qué es lo que quieres?

—De hacerlo saber trato..., y en pocas palabras.

—Dios lo quiera.

—Yo, don Robustiano, aunque hombre de baja estofa[128], como ustedes dicen, sin más educación que el dalle[129] y el ariego[130], supe, a fuerza de sudores y paciencia, ganarme honradamente, en Andalucía, un caudal más que regular.

—Y a mí, ¿qué me importa eso?

—Algo puede importarle.

—Ni tanto como una castaña, menos que un alfiler, para que lo sepas, ¡farsantón!

—No hay que tomar así las cosas, don Robustiano, que yo vengo de paz; en casos como éste es cuando debe hablarse con toda claridad, y lo que dejo apuntado no va en otro concepto. Digo que soy bastante rico, y añado que soy viudo, que pico en viejo y que por aquello de que «el joven puede morir, pero el viejo no puede vivir», y por lo de que «antes va el carnero que el cordero», todos mis haberes han de pasar bien aína[131] a manos del único hijo que tengo.

—A propósito: ese hijo es un facineroso[132].

—Creo que está usted equivocado, don Robustiano: Antón es un gran sujeto, nada tonto y muy cariñoso.

—Repito que es un bandido.

—Sostengo que usted le calumnia.

—Me ha inferido un agravio.

—Eso ya es otra cosa; y si fuera cierto, podía usted contar con que el ser mi hijo no le libraría de que yo le virase la jeta de un sopapo. Conque dígame usted cómo le ha agraviado.

—Osando elevar sus ambiciones hasta mi hija.

—Eso no es agravio.

—¡Impío!

—Lo dicho. Y tan no lo tengo por tal, que hablarle a usted de este asunto es lo único que aquí me trae.

128 *De baja estofa*: de clase social baja.
129 *Dalle*: guadaña.
130 Ariego: forma dialectal para referirse al arado.
131 *Aína*: con prontitud.
132 *Facineroso*: delincuente, malvado.

—¡Hola!...; según eso, ¿vienes tú a remachar el clavo?

—¿Quiere usted dejarme acabar de explicarme?

—Sigue, *sanculote*; acaba, francmasón[133].

—Agradeciendo, señor don Robustiano. El caso es que tanto yo como mi hijo, ya que los medios lo permiten, nos hemos propuesto dar en él que es joven, robusto y generoso, base, cimiento y entronque a una familia a la usanza de las ricas del día; queremos que fenezcan la chaqueta y los terrones en mi generación y que de ella en adelante aparezcan otras más lucidas; vamos, que, a ser posible, nazca desde hoy la gente de mi casa con la levita puesta, como el otro que dice.

—Y ¿piensas, ganapán, groserote, que a un señor le hace la levita? ¿Piensas que basta rascarse la boñiga de las manos y echarse un puñado de onzas en el bolsillo y una cadena de oro al cuello, para quedar convertido en un personaje de calidad? Pero, señor, ¡a esta canalla del día, a esta caterva de jacobinos[134] se le figura que hasta la ley de Dios está también al capricho de sus infames ambiciones!

Y al decir esto estalló un trueno aún más fuerte y prolongado que el anterior. A sus vibraciones temblaron hasta los viejos cuadros de la pared. Don Robustiano se encogió como un ovillo, y el mismo Zancajos no se creyó muy seguro bajo aquellos carcomidos techos.

—¿Lo oyes, *Voltaire*?[135]... ¡Hasta la cólera divina te amenaza! –exclamó don Robustiano abriendo los ojos después que cesó el trueno.

—Lo que yo oigo –respondió con sorna Toribio– es que truena, y lo que veo es que esto se tambalea, lo cual lo mismo puede significar una amenaza para mí que un aviso para usted.

—¿Un aviso para mí?; revolucionario, ¿para mí? Y ¿por qué?

—Porque esto se va, don Robustiano, y es una lástima que por una vanidad mal entendida se queden ustedes a la luna de Valencia[136] el día

---

133 *Sansculote* y *francmasón*: galicismos transcritos por Pereda según su pronunciación. Procede del término *sans-culotte*, cuyo significado literal es "sin culotte". El "culotte" era un calzón que vestían las clases altas, y por eso, para aludir a los revolucionarios se empleaba el término "sans-culotte", porque solían vestir pantalón largo de rayas en lugar del aristocrático calzón. En este contexto tiene un claro sentido despectivo, pues don Robustiano lo emplea como un insulto para subrayar la plebeya condición de Toribio.

134 *Caterva de jacobinos*: se refiere a los liberales, a los que el personaje es contrario ideológicamente.

135 *Voltaire*: Francois Marie Arouet (1694-1778) célebre escritor francés conocido como poeta, dramaturgo y prosista, y por sus tratados filosóficos liberales basados en la tolerancia y la razón.

136 *Quedar a la luna de Valencia*: quedar desamparado por estar distraído. El dicho proviene de la Edad Media, cuando Valencia estaba rodeada por una muralla en cuya parte exterior había emplazada una fortificación en semicírculo, conocida como "luna". Al caer el sol se cerraban las puertas de la ciudad y quien llegaba después debía pasar la noche refugiado en la *luna*.

de mañana, o aplastados debajo de un montón de escombros, como sabandijas, que aún será peor.

—¿Qué quieres decir, bandolero?,

—Que nosotros, no los impíos como usted cree (y yo se lo perdono), ni los bandoleros, ni los jacobinos, sino los hombres de bien, creyentes y laboriosos, que a fuerza de trabajo hemos hecho una fortuna; que nosotros, repito, somos los llamados a afirmar estos escudos que se caen de rancios, y estos techos minados por la polilla; a hacer producir esos solares yermos y a llenar de ruido y de alegría el hueco de estos salones ahumados, que ya no tiene nada que hacer de por sí desde que feneció la reina Maricastaña[137].

—¡Jesús..., Jesús mil veces! Y no hay un rayo que... ¡Dios me perdone! Una centella... ¡Ave María purísima!... Pero sigue, sigue, *Robespierre*[138]; continúa, desollador: quiero ver hasta dónde llega tu sacrílega osadía.

Todo esto lo dijo don Robustiano revolviéndose iracundo en el sillón, castañeteando los dientes y apretando los puños.

Zancajos continuó después de sonreírse:

—Yo, como ya he dicho, tengo mucho dinero.

—¿Otra vez las talegas, fanfarrón? ¿Otra vez provocas, jandalillo aceitero[139]?

—Digo que tengo mucho caudal.

—¡Y dale!

—Que tengo muchos monises[140], pero nada más.

—Ya se te conoce.

—Y quisiera, a costa de lo que me sobra, adquirir lo que me falta;

---

137 *Maricastaña*: expresión popular asociada a algo muy antiguo y remoto. Se cree que una María Castaña fue la cabecilla de una revuelta contra la iglesia por los abusivos tributos que el obispo de Lugo, Fray Pedro López de Aguiar, cobraba a través de su mayordomo y recaudador, Francisco Fernández. El Padre Risco en su obra "España Sagrada" afirma que, el 18 de Junio de 1386, María Castaña y sus dos hijos confesaron haber dado muerte al mayordomo del obispo. Arrepentidos por las injurias y delitos cometidos contra la iglesia, donaron a esta las posesiones que tenían en el Coto de Cereixa, en tierras de Lemos, así como mil maravedíes, bajo la promesa de no hacer más daño a la Iglesia de Lugo y de prestar su ayuda a los recaudadores del obispo. El atribuirle el título de "reina" es una ironía del autor puesta en boca de su personaje Toribio.

138 *Robespierre*: Maximilien de (1758-1794) Político y revolucionario francés que desde el Comité de Salvación Pública propugnó la institución de una dictadura para lograr la unidad de la República ante sus enemigos. Convencido de que el orden constitucional, al que aspiraba la Revolución, era distinto del orden revolucionario que debía llevar a él, instituyó el terror como mecanismo para construir una sociedad transparente y sana. Inspirador del período del Terror terminó ejecutado en la guillotina el 28 de julio de 1794.

139 *Jandalillo aceitero*: Alusión a la actividad de vendedor de aceite que ejerció en su juventud Toribio, actividad que consideraba de bajo rango social don Robustiano.

140 *Monises*: (fam.) moneda, del francés *monnaie*.

quisiera hallar para mi hijo una colocación que no se pareciera en nada a estas mocetonas rústicas de la aldea; ni tampoco a las pisonderas relamidas, damiselas de la ciudad...; quisiera, pinto el caso, una solariega pobre...

—¡San Robustiano bendito!

—Una solariega pobre que se hallara dispuesta a apuntalar las fachadas de su palacio con los montones de ochentines[141] ganados en la taberna de Sevilla.

—Te veo, Iscariote.

—Ella sería siempre una señora; descansaría a la sombra y sobre bien mullidos sillones, y dejaría oscuro al sol con las galas que Antón la *echara*...

—Sigue, sigue...

—Saldría a ver un poco el mundo, si le daba la gana; educaría a sus hijos en el temor de Dios y a la altura de las necesidades del día...

—¡Echa, echa, hijo de una perra!

—Y con tal que quisiera bien a su marido y se creyera muy honrada con él...

—¡Vamos... con franqueza, hombre, pide por esa boca!

—En conclusión, don Robustiano: mi hijo y yo hemos pensado para el caso en doña Verónica, cuya mano vengo a pedirle a usted para Antón.

Verde, amarilla, azul..., de veinticinco colores se puso la cara del orgulloso solariego al oír las últimas palabras de Zancajos, y ya se disponía, no sé si a tirarle con un mueble o a llamar en su auxilio todas las furias del averno, pues de ambas cosas tenía trazas, cuando el salón, que poco a poco había ido quedándose medio a oscuras con la intensidad del nublado, viose súbitamente iluminado por una luz fatídica y fosforescente: los próximos castaños doblaron rugiendo sus pesadas copas; se abrieron con estrépito las puertas del balcón; estalló en los aires un trueno *despatarrado*, es decir, según el diccionario montañés, agudo, estridente, como si el cielo fuera una inmensa lona y la rasgasen a estirones desiguales dos gigantes enfurecidos; las nubes se desgajaron, y el huracán, arrollando con su ira potente mares de agua y pedrisco, inundó con ello valles, callejas y tejados...; y del achacoso *palacio* lanzó un quejido lúgubre, aterrador, como si, rindiéndose a la pesadumbre

---

141 *Ochentin*: moneda, pieza de 80 reales acuñada entre 1833 y 1868 durante el reinado de Isabel II.

de los años y al furor de la tempestad, gritase a sus cobijados: «¡Sálvese el que pueda, que yo me hundo!». Todo esto junto sucedió en brevísimos instantes.

Verónica, que aguardaba con afán la respuesta de su padre a la demanda de Toribio, lanzó un grito, don Robustiano dos, y Zancajo un ¡zambomba! que valió por diez; y acto continuo los tres personajes, atropellándose unos a otros, salieron despavoridos al corral.

Allí, guarecidos de la lluvia, bajo la teja-vana, estuvieron largo rato esperando a que se desplomaran los últimos restos de la grandeza de don Robustiano. Qué angustias pasaría este desdichado en aquella situación, durante la cual no se atrevió a abrir los ojos, no hay para qué decirlo. Si el techo se hundía, ¿qué iba a ser de él?; ¿dónde iba a parar su pobre, pero altiva independencia?

Pasó media hora, y pasó también el furor de la tormenta. Don Robustiano empezaba a creer que el crujido que les hizo huir del salón no procedía de ninguna lesión grave sufrida por su palacio, y ya se iba serenando su ánimo, y hasta se había atrevido a abrir los ojos, cuando después mirar y remirar el edificio, exclamó señalando a un punto del tejado:

—¡Qué horror!

—Hace media hora que lo estoy viendo yo –dijo Mazorcas–. ¡Y si fuera eso sólo!...

—Pues ¿qué mas hay, hijo de Lucifer?

—Mire usted debajo del alero, junto a la puerta del balcón.

—¡Dios de bondad!

Lo que veían don Robustiano y Toribio era una enorme quebradura en la cumbre del tejado y una grieta tremenda en la pared de la fachada principal.

La pobre Verónica lloraba; su padre hacía pucheros. El rico Mazorcas, profundamente conmovido, se atrevió a decirles:

—Ya no deben ustedes pensar en dormir en esta casa, y para remediar el mal en parte, les ofrezco la mía de todo corazón.

—¡Primero la cárcel! –replicó iracundo el fanático solariego.

—Muy mal pensado don Robustiano: es mucho más cómoda mi casa, donde nada les faltará a ustedes mientras ésta se repara...; y pongo también para ello mi dinero a su disposición.

—¡Yo no pido limosna!

—Ni yo se la ofrezco a usted, señor don Robustiano.

—Aún me queda por ahora esa glorieta.

—Es cierto; pero ese garito no tiene desahogo suficiente, ni siquiera el preciso abrigo.

—Y a ti ¿qué te importa?

—Nada, si usted quiere; pero, francamente, me da lástima verle a usted, en una situación como ésta, andarse todavía reparando en pelillos y respirando por esa condenada herida de señorío.

—¿Aun tienes humor para provocarme, carbonero?

—No, señor; lo que tengo es afán de que usted comprenda para *in saecula*[142] que por aquella grieta de la pared se ha largado ya la poca grandeza que en casa le quedaba.

—¡Vete tú de ella, corsario! ¡Sal de mi corralada, salteador!

—Sí que me marcho, y sin enfadarme, don Robustiano; y en prueba de ello, otra vez le ofrezco, sin plazo, ni réditos, el dinero necesario para reparar los estragos de la tempestad.

—¡Primero la unción[143] que tu dinero!

—¡Bah!... Piénselo usted en calma...; y no olvide tampoco mi otra proposición, que usted me dará las gracias algún día... y usted también, doña Verónica.

—Señor padre, dígale su merced que sí –se atrevió a murmurar la pobre muchacha en tono suplicante, aludiendo, en verdad sea dicho, más a la proposición matrimonial que a la otra.

—¡Un rayo que le parta! –gritó convulso don Robustiano–. ¡Dejadme en paz!

—Voy a complacerle a usted. ¡Salud, don Robustiano! Adiós, doña Verónica.

—Vaya usted con Él, *don* Toribio –respondió afectuosamente la solariega.

—¡Don... alforjas!, ¡don marrano!, digo yo, ¡hembra perversa! –exclamó don Robustiano fuera de sí al oír a su hija dar semejante tratamiento a un hombre tan vulgar como Zancajos.

Entretanto, éste salió del corral entre risueño y apenado: risueño, porque para un carácter como el suyo siempre ofrecían un deleite sabrosísimo las rabietas aristocráticas de don Robustiano; apenado,

---

142 *In saecula*: expresión con la que Toribio pretende decir "definitivamente" o "para siempre". Proviene de la fórmula litúrgica en Latín *per saecula saeculorum*, "por los siglos de los siglos".

143 *Unción*: se refiere a la extremaunción, sacramento que se da a los moribundos.

porque como hombre de buen sentido y excelente corazón, se condolía de la tenacidad del señorón que se sacrificaba lastimosamente, con cuanto le pertenecía, en aras de una mal entendida dignidad, rechazando obstinadamente a la fortuna que llamaba a las puertas de su casa.

– IV –

Cuando se quedaron solos don Robustiano y Verónica, dio el primero rienda suelta a sus lamentaciones Y tomaron mayor cuerpo los sollozos de la segunda. Con aquel rudo golpe de la adversidad no había contado nunca el vanidoso Tres-Solares , que pensó llegar al sepulcro con la misma altiva aunque pobre independencia que halló al venir al mundo. ¡Todo lo había perdido en un solo instante! Todo, porque el pabellón que le restaba sólo podía aceptarse, como habitación interinamente, y eso con grandes dificultades: era su capacidad mezquina, y no bien entrase el otoño daría tanto dormir allí como raso en la llosa[144] más desabrigada.

No había, pues, otro remedio que reparar las averías del palacio, cuyo techo podía desplomarse de un momento a otro; y para esto se necesitaba dinero, precisamente lo que a don Robustiano le faltaba; y para adquirirlo tenía que vender las tierras y el molino, del cual modo tendría casa..., pero no tendría qué comer; y para tenerlo, había que renunciar a las reparaciones, lo cual equivalía a condenarse a vivir a la intemperie, que aún era peor que morirse de hambre.

Todas estas consideraciones en esta misma forma y en un momento, asaltaron la imaginación del atribulado señor antes que saliera de la tejavana. En seguida, como el caso era apremiante se resolvió a habilitar la glorieta con los muebles y ropas que, acto continuo y entre sustos, carreras y toda clase de precauciones, sacaron Verónica y él de la antigua morada.

---

144   *Llosa*: (loc.) terreno de labranza cercado próximo a la casa.

Cuando fue hora de acostarse, don Robustiano renunció a este placer; prefirió pasar la noche en vela y dando vueltas por la angosta habitación (que el pudor de Verónica había dividido con una colcha, dos palos y cuatro tachuelas), buscando en su imaginación el medio de procurarse, con la decencia, el decoro y la dignidad que a su clase convenía. Aquellos ochavos viles que con tanta urgencia necesitaba. Desde luego desechó el recurso de venta de su escasa hacienda. El de un préstamo más aceptable. Pero ¿a quién se le proponía? ¿A Toribio? Antes el hambre, el frío y la misma muerte. En los demás convecinos no había que pensar: eran míseros colonos de Zancajos, o ricachos tan *ordinarios* como él. El señor cura que, como en confesión, podría hacer el anticipo sin que ni los pájaros le olieran, necesitaba la cortísima paga que le daba el Estado para no morirse de hambre. El Ayuntamiento ya era otra cosa: éste era indudablemente, entre todos los prestamistas, el *menos indigno* de él, pues al fin y al cabo era una entidad, oficialmente, de alta significación, por más que en detalles individuales fuera bien despreciable. Pero ¿podía el Ayuntamiento meterse a prestamista? Y si podía, como mero administrador de ajenos caudales, ¿no sería más exigente que nadie en precauciones y garantías? Y si le exigía una de éstas, ¿debía él *humillarse* a concederla? Y si se humillaba, ¿la encontraría? Las tierras y el molino le bastaban para ello; pero, vencido el plazo del préstamo, ¿con qué le pagaba si había de comer hasta entonces? Y si no pagaba y le vendía lo hipotecado, ¿con qué comía en adelante?... Y siempre girando en este estrecho círculo de hierro, don Robustiano perdía la cabeza y sudaba la gota gorda. « ¡Oh siglo perro y desquiciado, ladrón y materialista, que ves mi afán y no te conmueves ni te abochornas!», clamaba entre iracundo y afligido el mísero, como si el siglo tuviera la culpa de lo que a él le sucedía. Y en cuanto se calmaba un poco, tornaba a discurrir y volvía a tropezarse con los dos fatales extremos: no comer, o la *humillación* de pedir; más claro: el hambre o el dinero de Zancajos. —«Vea usted –decía retrocediendo ante estas dos conclusiones, como si fueran puntas aceradas que le hiriesen el rostro–, vea usted cómo sería muy útil que todos los hombres de mi jerarquía estuviéramos unidos en estrecha alianza. De este modo podríamos hacer frente a ciertas eventualidades y reírnos descuidadamente de la tendencia artera y demoledora de la canalla impía que nos estima en poco y nos acorrala como a bestias despreciables... Pero en lances como el que a mí me ocurre hoy ¿tendríamos la abnegación suficiente para confesar a los demás una necesidad tan perentoria? El orgullo de estirpe, ¿sería capaz de tanto sacrificio?... ¿Cómo dudarlo? En la triste alternativa de demandar una... sí, señor, una limosna a un tabernero soberbio y presuntuoso, o de reclamar el auxilio generoso de un hombre de calidad, no cabe vacilación. Por otra parte, la ropa sucia, dice el proverbio, debe lavarse en casa... Es indudable que yo debía acudir con mis cuitas a las rancias familias del país. ¿Pero querrán ampararme? ¿Podrán, acaso, aunque quieran? La verdad es que entre nosotros ha habido siempre unas prevenciones, unos odios tan sistemáticos y tan tenaces... Luego, ¡me he aislado tanto!... Y después, ¡abrigo tantas sospechas de que no tengan esos señores más lúcido pelaje que yo!... También es cierto que no tratarnos aquí de que, por llegar me llenen los bolsillos de monedas... ¡Me guardaría yo muy bien manifestar a nadie mis apuros de sopetón! Por de pronto, me limitaría a ir tanteando el terreno y preparando las voluntades, y después... después, ¡qué diablo!, me quedaría siquiera el consuelo de desahogar con alguno esta angustia que me mata.»

Y revolviendo en su magín[145] don Robustiano razonamientos por el estilo, acabó por aceptar la conveniencia de recurrir, cuando menos, al consejo de un hombre *de los suyos*. En seguida procedió a formarlos a todos en su memoria y a pasarles la necesaria revista para elegir el más conveniente. Por supuesto que no conocía a ninguno de ellos de trato, ni siquiera de vista, y sólo por noticias de su padre; pero él creía que, para el caso, esta circunstancia importaba muy poco. He aquí el resultado de su tarea. —Diez familias habían sido enemigas mortales por razón de intereses, otras por puntillos de etiqueta y otras por cuestiones de carácter: del paradero de otras tantas no tenía la menor noticia; le constaba que otra media docena de ellas se habían extinguido por completo, y que algunas estaban reducidas a una vieja solterona o a un celibato memo[146]. Solamente halló una que no le desanimó del todo: una familia cuyas íntimas y cordiales relaciones con la de él habían durado hasta la época de su abuelo inclusive. Verdad es que desde entonces no habían vuelto a comunicarse directa ni indirectamente los representantes de ambas; pero esto no era un obstáculo para

---

145 *Magín*: cabeza, pensamiento.
146 *Celibato* memo: solterón tonto.

los planes de nuestro solariego, pues éste, como hombre de calidad, antes de reparar en pelillos semejantes, debía atenerse a lo que la historia y la tradición le enseñaban en muy diverso sentido. Atúvose, pues, a ello, y se resolvió a encomendar sus amarguras al consejo, a la protección... o a lo que saliera, de esa familia, única, ciertamente, con que podía contar entre todas las contenidas en el largo catálogo de las nobles de la Montaña. Debo advertir que sabía de ella que su actual representante se llamaba don Ramiro, que tendría su edad aproximadamente; que vivía en un pueblo bastante cercano del suyo; que estaba casado con una hidalga de lo más rancio y blasonado del país, y que el lema de sus armas era, entre todos los lemas de escudos montañeses, el único que casi podía competir con el de los Tres-Solares . Decía así:

> «A un Rey hicieron merced
> Y con Infanta casaron,
> Y al mismo sol dieran lustre
> Los que esta casa fundaron.»

En consecuencia de su resolución, en caliente y antes que vacilase su voluntad, apenas amaneció mandó que *cazasen* el caballo, que con la pasada tormenta había ido a parar a los quintos infiernos; hizo que después de cogido se le diera el indispensable frote de garojo; preparó Verónica de prisa y corriendo una muda blanca, y con todo el ceremonial que conocemos cabalgó don Robustiano a las diez de la mañana. Atravesó seis callejas, dos sierras y un monte, y a la bajada de él, y en medio de un centenar de robustas encinas, se detuvo delante de una portalada tan vieja y tan blasonada como la suya. Era la de la casa de don Ramiro. Llamó su paje, abrió un jayán[147] de mala traza y mandó al tal que le anunciara a su amo.

Mientras éste salía, echó una mirada desde el corral al exterior de la casa, y no le encontró mucho más lucido que el de su palacio. Tomó en cuenta este dato y no se las prometió muy felices para sus pretensiones, por lo que hacía al auxilio directo de su colega. Pero, en cambio, con este convencimiento se sintió más animoso para tratar a don Ramiro con cierto desparpajo, y esto le consoló hasta cierto punto.

Entretanto, don Ramiro, sorprendido con la noticia de la llegada de don Robustiano, y careciendo de tiempo para ponerse su traje de

---

147 *Jayán*: mozo de gran estatura y robustez.

etiqueta, se echó encima una especie de balandrán[148] de cúbica[149] para tapar de un golpe sus muchas pasadas y transparencias de diario, y bajó al portal haciendo al recién llegado las mayores cortesías.

—¿Tengo el honor de hablar al señor don Ramiro Seis-Regatos y Dos Portillas de la Vega? –le preguntó, apeándose, don Robustiano.

—El honrado soy yo, señor don Robustiano –contestó don Ramiro doblándose más y más.

Entonces el primero tendió su diestra al segundo, y

—Salvo el guante –le dijo, aludiendo a uno con que la cubría, viejísimo y bordado con tres filas de lentejuelas por el dorso.

—La acepto y correspondo –dijo Seis-Regatos apretándosela mucho.

Enseguida introdujo a su huésped en casa, mandando al paje a la cocina y disponiendo que se encerrase el caballo en *las* caballerizas. Nada se habló de almuerzo para el primero ni de pienso para el segundo.

Las piezas que recorrieron los dos solariegos hasta llegar al estrado en que se detuvieron, no merecen el trabajo de una especial mención, porque ninguna de ellas podía echar grandes roncas[150] a las del palacio de don Robustiano. En cuanto al estrado, también corría parejas, en tamaño y conservación, con el salón de Ceremonias que conocemos. Pero no tenía retratos como éste. En su defecto, había un reló de caja, muy antiguo, y un trofeo compuesto de dos sables corvos, una espada de cazoleta, un cuerno de caza y dos cuchillos de monte. Por todo mueblaje, el indispensable sillón de vaqueta, con las armas talladas de la familia, y cuatro sillas de paja en muy mal estado.

Don Robustiano apreció también el valor de todo aquello que, por el sitio que ocupaba, tenía que ser lo mejorcito de la casa, y dedujo que se las había con un personaje tan tronado como él.

Por su parte, don Ramiro había tenido tiempo suficiente para examinar el hábito de su huésped, y se convenció bien pronto de la exactitud de las noticias que tenía acerca de los medios de fortuna de don Robustiano.

Tomaron asiento los dos señores, y dijo el de casa:

—Ante todo, debo manifestar a usted mi pena por no poderle presentar a mi esposa e hijas, porque están en la Iglesia desde esta mañana.

---

148 *Balandrán*: vestidura talar con mangas que no se ciñe, usada generalmente por los eclesiásticos para andar de entrecasa.

149 *Cúbica*: tela de lana, más fina que la estameña.

150 *Hechar roncas*: (fam.) proferir amenazas con jactancia del valor propio (proviene de la voz del gamo en celo).

—¡Te veo! —pensó don Robustiano—. Apostaría una oreja a que están escondidas en algún rincón por falta de vestido con que presentarse delante de mí como conviene a su clase.—Y en voz alta respondió: —Su señora esposa de usted y sus señoras hijas, todas muy señoras mías, están siempre cumplidas con este humilde servidor, señor don Ramiro.

—Mil gracias en nombre de ellas y en el mío, señor don Robustiano. Y ¿a qué debemos la honra de tan agradable visita?

—La honra es mía, señor don Ramiro; y en cuanto al objeto de mi visita, es pura y simplemente el deseo de conocer personalmente al noble nieto del gran amigo de mi señor abuelo.

—¡Cuánto celebro esa ocurrencia que me proporciona a mí el placer de estrechar su mano y de ofrecerle mi cordial amistad!

—Que yo acepto con todo mi corazón, señor don Ramiro, lamentándome de no haber puesto en ejecución muchos años hace el pensamiento que realizo hoy. Pero usted sabe, por propia experiencia, cómo en los hombres de nuestra condición llegan a hacerse los hábitos una segunda naturaleza. Se aísla uno, se retrae y, metido en su cáscara un día y otro y un mes y un año, ya no acierta a salir de la portalada la vez que se lo propone. Así es que yo, aunque siempre con el afán de estrechar la mano de usted, jamás he podido lograr una ocasión que me pareciese bastante oportuna para ello.

—Lo mismo, poco más o menos, me ha sucedido a mí con respecto a usted.

—¡Vaya si os creo!

—Y ¿cómo logró usted hoy vencer tanta pereza?

—Pues le diré a usted, señor don Ramiro: voy siendo ya muy viejo; llevo muchos años de retiro y de devorar en silencio la pena, por no decir despecho, que me causa el desdén y menosprecio con que mira el siglo que corre a los hombres de nuestra procedencia; y me he dicho: «¿será preciso que yo me muera sin el placer gratísimo de desahogar mi pecho junto al del hombre en quien se reconcentran todos mis afectos amistosos, sin decirle: he aquí vinculada en este corazón toda la lealtad con que fue adicta a tu familia durante siglos enteros la mía?» Y con tal fe me lo dije, don Ramiro; tan ardiente llegó a ser mi deseo, que en el acto monté a caballo... y aquí me tiene usted.

—Ese rasgo le enaltece a usted, don Robustiano; y, en recíproca, puedo, a Dios gracias, brindar al insigne Tres-Solares con toda la adhesión y sincero cariño de cien generaciones de Seis-Regatos.

—¡Líbreme Dios de ponerlo en duda! Y ¡ojalá que todos los buenos de la Montaña hubiéramos seguido siempre, y para todo, esta misma conducta, entre nosotros! ¡Otro gallo nos cantara hoy!

—¿Usted lo cree así?

—¿No he de creerlo? ¿Acaso usted lo duda?

—No tal; pero...

—No hay pero, don Ramiro. Es a todas luces evidente que una estrecha y cordial inteligencia entre todos los nobles de cada país, nos hubiera dado una fuerza considerable. Lo vulgar, lo nuevo, lo ilustrado, como ahora se dice, nos desecha, nos acoquina[151]: agrupémonos mutuamente; y de este modo, si no logramos vencer al torrente desbordado, podremos, separándonos de él, vivir en un remanso aparte con nuestros recuerdos, nuestras ideas y nuestros mutuos auxilios. ¿Quién de nosotros está exento de una adversidad, de un golpe de desgracia? Usted vive hoy tranquilo y descuidado en el seno de su familia, al calor de su hogar; y ya que el siglo no puede arrebatarle derechos y preeminencias[152] que valían pingües maravedís[153], porque todos se los tiene ya por allá a muy buen recaudo el tizón de un villano, el rayo de una tempestad le aniquila el techo venerable de sus mayores. Las rentas son escasas (pongo un ejemplo), suprimidas las obvenciones y privilegios de mejores tiempos; la familia exige atenciones que no se pueden cercenar: ¿con qué se repara el inesperado siniestro? ¿Ha de profanar usted sus timbres de nobleza, ha de injuriar las augustas tradiciones poniéndose a especular como un judío, o a labrar la tierra como un miserable ganapán? No, seguramente. ¿Ha de aceptar la humillante limosna de un rústico filántropo? Mucho menos. ¿Ha de vender sus blasones por un puñado de oro? ¡Qué horror! El Estado, entretanto hace como que no le ve y aparenta que no le necesita: ¿qué partido toma usted en el supuesto infortunio? He aquí dónde está indicada la necesidad de un mutuo auxilio entre todos nosotros.

—Magnífico sería eso, don Robustiano; pero equivaldría a quitarnos uno de los rasgos que más nos han distinguido siempre: el hacernos capaces de esa fraternal unión. Precisamente la discordia ha sido

---

151 *Acoquinar*: acobardar.

152 *Preeminencias*: privilegios de clase.

153 *Pingües maravedís*: ricas ganancias. De *Maravedí*, moneda española que a lo largo de su vigencia ha tenido diferentes valores y denominaciones.

entre las familias de calidad el pecado más común.

—Pecado sublime, pecado magnífico, señor don Ramiro, en los tiempos de nuestra grandeza; porque teniéndonos en perpetua rivalidad, fructificaba en grandes empresas que redundaban en honra de la clase y lustre de la nación. Pero hoy es distinto: hoy somos pocos, estamos sin fuerzas y nos aqueja un infortunio común. Y pues no podemos vivir como señores, debemos tratar de no morir como esclavos.

—Veo, don Robustiano, que usted no se ha convencido aún de una triste verdad.

—¿De cuál?

—De que ya pasó nuestro tiempo; de que estamos de sobra en el mundo, y es una quimera soñar en alianzas y menos en restauraciones; de que no hay más remedio que entregarse a discreción...

—¡Cómo? ¿Sería usted capaz de transigir con las tendencias del siglo?

—Hombre, así tan en absoluto...

—Luego ¿transigiría usted en algo?

—Según y conforme.

—Precisemos más el asunto. Supongamos que mañana se presenta en casa de usted un zascandil[154] cualquiera, un tabernerillo rico, como quien dice, y le pide una hija en matrimonio: ¿se la concedería usted?

—Señor don Robustiano, si el rico tabernero fuese honrado... Pero me pone usted un ejemplo de difícil solución, porque como no me he visto en el caso supuesto y no puedo prever las circunstancias en que me hallaría entonces y las que adornarían al tabernero...

—¿Es decir, que me concede usted la posibilidad de admitir en su familia un injerto semejante?

—Perdone usted, don Robustiano, que hasta ahora ni he negado ni he concedido nada sobre el asunto. Mas ya que de ejemplos se trata, suponga usted, por su parte, que yo me muero de hambre; que tengo muchas hijas; que un tabernero rico me pide una; que yo se la niego porque me llamo Seis-Regatos y Dos-Portillas de la Vega; que real y efectivamente me muero mañana: y que mi familia, sola y, miserable, va extinguiéndose poco a poco, entre congojas de hambre y estremecimiento de frío. ¿Qué objeto tienen estos sacrificios, quién me los agradece, quién los recompensa? ¿El mundo? El mundo o no los ve,

---

154 *Zascandil*: hombre despreciable y entrometido que ofrece lo que no puede cumplir.

o se ríe de ellos; porque, créalo usted, don Robustiano, risa es lo que inspiran muchos actos que a nosotros nos cuestan lágrimas, ¿La historia? No hemos de merecerle una triste mención. ¿Nuestros antepasados? Dan su descendencia por acabada, pues dos docenas de individualidades arrinconadas, carcomidas y sin prestigio que lucir ni destino que llenar en la tierra, no alcanzan a preocupar ni por un momento los manes venerandos[155] de aquellos ilustres progenitores. ¿Nuestra conciencia? A mí me dice la mía que cuando las mundanas vanidades no tienen un objeto trascendental e inmediato, es hasta un delito pagarse de ellas.

—¡Me asombra usted, don Ramiro!... Pero aun admitiendo que el mundo y la historia y nuestras ilustres tradiciones no deban tenerse en nada para nuestra conducta de hoy, esas dos docenas de individualidades, carcomidas como usted dice, ¿no son acreedoras a alguna consideración? Si uno de nosotros por no sucumbir al rigor de la adversidad, faltara a sus antecedentes, prescindiera del lustre de la clase, ¿qué dirían los demás?

—Ni una palabra.

—¡Cómo!... Usted se chancea.

—Lo dicho, don Robustiano.

—¡Los orgullosos de A.*... por ejemplo!

—Hace seis años engordan a expensas de un destino de secretario de ayuntamiento que logró el hijo mayor, el segundo recría ganado, y la tercera es la esposa de un maestro de escuela.

—¡Don Ramiro!

—No hay más, don Robustiano. Y ya se conoce bien que se ha pasado usted la vida encerrado en su cáscara, dedicado sólo a rendir culto a sus propios timbres. A mí también me ha sucedido mucho de eso mismo, créalo usted; pero tengo cuatro hijas: éstas, como mujeres, son curiosas y han podido darse arte para adquirir grandes noticias de los *nuestros* sin salir de estas cuatro paredes. Creílas yo, como usted, exageradas; traté, a mi modo, de comprobarlas, y bien pronto me convencí de que eran la pura verdad. De entonces data esta mi manera de pensar que a usted tanto le sorprende. Desde entonces, y a despecho de mi entusiasmo por el lustre y la dignidad de la clase, no sé qué responder a preguntas como la que usted me dirigió a propósito del consabido tabernero.

---

155 *Manes venerandos*: dioses de veneración familiar

Don Robustiano se hacía cruces.

—¿Y los encopetados de B.*?

—Han casado la hija mayor con un tratante en carnes.

—¡Horror! ¿Y los de C.*?

—Se han dividido entre los hermanos el mayorazgo, Y tiene usted allí de todo: carretero, salta-ferias, vago camorrista...

—¡Es posible! ¿Y los de D.*?...

—Los de D.* han trocado en pajares sus torres almenadas, y en dalles y rastrillas sus blasones: labran la tierra y rascan la boñiga a su ganado. Los de E.* han hecho lo mismo, e igual todos los que han podido hacerlo, y los que no, por falta de propiedades, si tienen hijas aguardan al tabernero consabido que cargue con una de ellas y mantenga a las demás; y si no las tienen, se irían con el moro Muza[156] que les diera de comer.

Don Robustiano se hallaba, oyendo a don Ramiro, como aquel que acaba de despertar y duda si sueña en el acto o si soñaba antes. Solo, encerrado en su caserón, sin haber cruzado en su vida una palabra con los demás señores nobles del país, creía en ellos y en su augusta dignidad con toda la fe de que era capaz su razón, alimentada, durante el curso de tantos años, a fuerza de quimeras y abstracciones caballerescas: creía en la incorruptibilidad y en la grandeza de sus conmilitones como don Quijote en Amadís de Gaula o en Tirante el Blanco: los juzgaba a todos por sus propios sentimientos. Por eso las manifestaciones de don Ramiro le hacían tanto efecto cuanto eran inesperadas; y como procedían de un caballero tan cumplido, ni se atrevió por un momento a ponerlas en duda. Aceptó, pues, desde luego la creencia de que había vivido equivocado muchos años y que a la sazón se hallaba *solo* en la Montaña. Semejante desencanto hizo asomar una lágrima a sus ojos. Pero como no hay mal que por bien no venga, la enjugó en el acto con la idea, no mal fundada, de que la defección[157] de sus cofrades de nobleza le relevaba a él de los escrúpulos que tanto le dificultaban la solución del conflicto en que se hallaba.

Como solariego fanático, le apenaban las palabras de don Ramiro; pero como mortal necesitado, las recibía hasta con deleite. Atúvose a este último efecto como más llevadero; y para hacerle más justificable a sus propios ojos y sacar de él todo el partido posible en obsequio a su

---

156 *El moro Muza*: Musa Ben Nusayr, gobernador de Ifriquiya, quien puso fin hacia el año 711 al dominio godo de España. Su hijo Abd al-Aziz se casó con la viuda de don Rodrigo, Egilona, a quienes los musulmanes llamaban Ailo.

157 *Defección*: acción de separarse con deslealtad de la causa o parcialidad a la que se pertenece.

situación, buscó en nuevas razones de su interlocutor desapasionado la fuerza de que carecía su propio convencimiento.

—Me deja usted atónito con sus noticias –dijo a don Ramiro, siguiendo su propósito.

—No lo quedé yo menos cuando las adquirí, don Robustiano.

—Según ellas, don Ramiro, el ejemplo que le puse a usted del solariego a quien le destruye su casa un golpe de la adversidad, toma un color enteramente distinto del que yo le daba.

—Ya lo creo.

—Aceptar un noble el préstamo de un villano cuando todos los demás recursos dignos se han apurado inútilmente y cuando el siniestro es irreparable si el préstamo se rechaza, no es ya para el primero una humillación.

—Todo lo contrario.

—¿Tal le parece a usted?

—Con el convencimiento más sólido.

—Y si ese villano tiene un hijo y solicita para éste a su hija de usted al mismo tiempo que ofrece el préstamo, acceder a sus pretensiones, máxime siendo el hijo honrado, me parece una friolera[158] después que sé que los orgullosos de B.* han admitido en su familia a un tratante en carnes.

—Indudablemente. Y aquí donde usted me ve y nadie nos oye, y hablándole con más franqueza que al principio, le diré sin rebozo que si el tabernero honrado y pudiente de nuestro ejemplo solicitara la mano de una de mis hijas, yo le concediera las dos, y hasta las de sus hermanas si la ley me lo permitiera.

—¿Palabra de honor, don Ramiro?

—Palabra de honor, don Robustiano. Pero veo que usted hace mucho hincapié en estos dos supuestos. ¿Pecaría de indiscreto si le preguntara la razón de ello? ¿Quizá se encuentra usted en el caso de tener que decidir algo en este sentido?

—¡Qué aprensión, don Ramiro! Nada de eso. Verónica, mi única hija, está muy libre hasta la hora presente de tener que elegir ni entre noble ni entre villanos, y en cuanto a mi casa... ¡Bah!, está más firme que una roca... salvo una pequeña avería que ha sufrido y, a Dios gracias, reparé sin el auxilio de nadie... Pero pudiera... en el día de

---

158 *Friolera*: cosa de poca monta.

mañana..., y es conveniente caminar sobre el terreno despejado...,
porque, en fin, ya usted me entiende.

—¡Mucho que sí!

—De manera, don Ramiro, que hemos concluido ya los de la
sangre azul.

—Para *in saecula saeculorum*.

—Y, por consiguiente, ¡adiós hidalguía, adiós formalidad, adiós
buena fe y adiós nobleza!

—Dicen que nos ha sustituido otra de nuevo cuño: la nobleza de
los hechos, la aristocracia de la posición, la del dinero.

—¡Nobleza diabólica, aristocracia informal!

—Pero que no hay más remedio que aceptar.

—¡Primero el suplicio!

—Recuerde usted, don Robustiano, lo que hemos hablado.

—Tiene usted razón. ¡Ya no somos nada, nada podemos, nada va-
lemos!

—Es duro, pero es verdad.

—¡Oh, miserable canalla!

—Despréciela usted como yo..., y adelante con la vida... Y para hacerla más llevadera, vamos a *tomar las once*[159].

—No se moleste usted, don Ramiro.

—Lo hago con el mayor gusto, don Robustiano.

Don Ramiro salió del estrado, y volvió al poco tiempo trayendo en
una bandeja deslustrada dos cortadillos[160], una botella de vino blanco
y hasta media docena de bizcochos de soletilla[161], muy duros y des-
portillados.

Mientras los dos solariegos se regodeaban con aromático la
Nava[162], abordaron nuevos asuntos de conversación, que maldito el interés que inspiraban ya a don Robustiano después de lo que sabía acerca
del que allí le había llevado. Así es que procuró abreviar el diálogo todo
lo posible y volverse cuanto antes a su pueblo.

Al despedirse le prometió don Ramiro pagarle la visita.

—No le perdonaría a usted que no me honrase con ella –le respondió don Robustiano.

Y, sin embargo, determinó al mismo tiempo darle un solo de portalada, como de costumbre, pues por más desprestigiada que estuviera

---

159 *Tomar las once*: aperitivo que se toma a media mañana.
160 *Cortadillos*: vasos pequeños tan anchos arriba como abajo.
161 *Bizcochos de soletilla*: bizcochos secos en forma de plantilla de masa dulce y esponjosa.
162 *La Nava*: vino de la zona de Nava del Rey, al Sur-Oeste de la provincia de Valladolid.

la clase, él no se resignaba todavía a mostrar su casa a nadie, máxime desde el percance del día anterior.

Caminando de vuelta a ella iba don Robustiano torturándose el magín para convencerse a sí propio de la necesidad en que se hallaba de aceptar las ofertas de Toribio, y del ningún desdoro que de ello resultaría para su buen nombre. He aquí sus últimas consideraciones:

—«Si *todos* han prevaricado, ¿a qué conduciría mi inflexibilidad? ¿Quién podrá echarme en cara como un delito el recibir los ochavos de Toribio para reedificar mi casa? ¿Quién podrá tomar por agravio al lustre de la clase el enlace de Verónica con Antón? Nadie... Sin embargo, mi propia sangre, mi propio carácter me increpan esos actos como indignos de mí... Pero a estos señores no debo yo prestarles hoy la misma consideración que en tiempos normales. Estoy a pique de quedarme sin hogar, y para restaurarle no puedo contar con el apoyo de *mis semejantes*... En una palabra, con pan y techo, en mi posición de anteayer, hubiera muerto inmaculado protestando contra la prevaricación de los míos; pero desertados éstos de su campo natural y legítimo, y en mis circunstancias de hoy, puedo y *debo*, sin sonrojarme, transigir con mis escrúpulos en obsequio a lo apremiante de la necesidad que me abruma.»

Se ve, pues, harto clara la inesperada resolución que adoptó don Robustiano a consecuencia de su visita a don Ramiro. Dígolo porque no se sorprendan ustedes al ver cómo se porta nuestro solariego en los párrafos que siguen.

No bien llegó a casa y comió de prisa, y abrasándose el paladar, la bazofia de todos los días, que Verónica había preparado peor que nunca en un fogón improvisado en la leñera, envió un recado a Toribio, previniéndole que pasara a verle enseguida.

Zancajos no se hizo esperar y se presentó en el acto en casa de don Robustiano. Mandó éste a Verónica que los dejara solos en el pabellón, y dijo a Mazorcas tan pronto como su hija le hubo obedecido:

—Toribio, tú debes saber que hay algo en el hombre más fuerte que su propia voluntad...

—Sí, señor, el genio –contestó Zancajos.

—Precisamente, y por eso ayer estuve contigo un poco más severo de lo que yo hubiera deseado.

Toribio recibió con la mayor sorpresa esta satisfacción del altivo solariego.

—Pues pelillos a la mar[163], don Robustiano —le contestó con afabilidad—. Apuradamente tengo yo un carácter que se pinta solo para no tomar a pecho ciertos desahogos... Con que no hable más del asunto, y dígame usted en qué puedo servirle.

—Voy allá. Ya sabes la desgracia ocurrida ayer en mi casa: tú la presenciaste.

—Sí, señor.

—Esa desgraciada necesita una reparación inmediata.

—Sí, señor. (¿Adónde irá a parar esto?)

—Yo tengo recursos para llevar a cabo esta reparación... ¡no me lo negarás!

—¡Ca, no, señor!

—Pero esos recursos son raíces, propiedades que rinden intereses, mas con lentitud y parsimonia. ¿No es así?

—Mucho que lo es.

Por lo tanto, no puedo disponer en el acto de la cantidad necesaria para acometer inmediatamente la obra..., ¿eh?

—Cabales.

—Luego, que a cuenta de mis fincas, si no alcanzasen mis rentas, proponga yo a Juan o a Pedro un anticipo, nada tiene de particular.

—¡Qué ha de tener! Y en prueba de ello, vuelvo yo a poner a su disposición de usted cuanto dinero necesite para el caso.

—Gracias, Toribio... Y para que veas que correspondo dignamente a tu oferta, la acepto desde luego.

El sagaz ricacho, buscando mientras oía y contestaba a don Robustiano el motivo del rápido cambio verificado por éste, recordó de pronto haberle visto cabalgar por la mañana, y no dudó ya un momento, al escuchar sus últimas palabras, que su viaje había tenido por objeto solicitar de algún otro señorón el favor que a él le desdeñó, y que sus propósitos se habían malogrado. No obstante, lejos de tratar de vengarse, agravando la situación aflictiva del mísero don Robustiano, acogió su rasgo de *abnegación* con la más viva alegría. Verdad es que pensaba utilizar el acontecimiento para sus otros conocidos planes.

—¡Bien, candonga[164]! Así me gustan a mí los hombres —dijo al so-

---

163 *Pelillos a la mar*: olvidemos y pasemos a otra cosa.

164 *Candonga*: exclamación humorística sin significado preciso; algo así como jolín. Este tipo de expresiones repetidas por un mismo personaje en Pereda sirven para caracterizarlo.

lariego–, francos y descubiertos. Pida usted ahora por esa boca, que de fijo será medida.

—En cuanto a garantías... –añadió don Robustiano con repugnancia, temiendo que Zancajos le exigiese en tal sentido una nueva humillación.

—En cuanto a garantías –respondió Toribio con la expresión de siempre–, una sola me basta, don Robustiano.

—¿Cuál? –dijo éste temblando.

—Que toque usted estos cinco. Y Mazorcas alargó su mano al solariego.

Este la vio junto a sí como si viera una culebra; pero sacrificando otra vez sus instintos orgullosos en aras de la necesidad, correspondió a los deseos del jándalo, tocándole apenas los cinco robustos dedos de la diestra con los de la suya, fríos, enjutos, largos y afilados, diciendo al mismo tiempo:

—Toco y estimo.

—Ahora va lo grave –pensó Mazorcas. Y sin estar muy seguro de no encolerizar de nuevo a don Robustiano, le dijo con sumo cuidado: En cuanto a cantidad, usted la fijará, así como el momento de la entrega. Pero antes de tratar de estos puntos secundarios... quisiera yo recordarle otro que dejamos pendiente ayer.

Nuevo efecto de repugnancia en don Robustiano y nuevo sacrificio de su vanidad solariega.

—En cuanto a este asunto –respondió con visible disgusto– he resuelto que te entiendas con la persona a quien exclusivamente importa en mi casa. Y llamó a Verónica. Zancajos llegó al colmo de su sorpresa.

—¡Poder de la necesidad! –exclamó para sus adentros.

Al obrar así se proponía don Robustiano salvar con la forma lo humillante que en el fondo, y según su juicio, era para él la consumación del proyecto de Toribio. No asistiendo a él con la palabra, creía menos agraviada su dignidad, que, a pesar de sus recientes convicciones, se le revelaba tan soberbia como siempre.

Cuando entró Verónica y la saludó Toribio, se puso más encarnada que cuando Antón le declaró sus amorosos anhelos. Don Robustiano, mordiéndose los labios y pellizcándose la solapa del casaquín, empezó a dar vueltas por el estrecho recinto en que se hallaba.

—Doña Verónica —dijo Mazorcas desde luego—, a mí me consta que usted conoce las intenciones de mi hijo respective a usted, y me consta igualmente que Antón la quiere a usted mucho más que el domingo pasado, ¡y eso que entonces la quería bien! Con estos antecedentes tuve ayer la honra de pedir al señor don Robustiano la mano de usted para mi hijo Antón. Un suceso que usted no habrá olvidado fue la causa de que mi memorial se quedara por entonces sin respuesta; pero hoy han variado las cosas, a Dios gracias, y su señor padre me responde que deja al cuidado y a la discreción de usted el asunto. ¿No es así, señor don Robustiano?

—Sí —contestó éste refunfuñando Y volviéndoles la espalda.

La sorpresa de Verónica al conocer el cambio operado en la voluntad de su padre fue aún mayor que la de Toribio poco antes.

—Con que usted dirá —añadió éste aproximándose más a la atortolada muchacha. Pero Verónica no daba lumbres. Se pellizcaba las uñas, se mordía el labio inferior, se balanceaba sobre un pie... y nada más, Por fin al cabo de un rato y tras de varias excitaciones de Toribio.

—Si mi señor padre es gustoso... —dijo convulsa y mirando de reojo a don Robustiano.

El solariego por toda respuesta dio otro gruñido y aceleró más sus paseos.

—Dice que sí —gritó Toribio interpretando a su gusto el confuso monosílabo.

—Pues entonces... yo también —añadió Verónica sudando de vergüenza.

Don Robustiano, al oírlo, rugió como una pantera, mas trató de refrenar su coraje.

—¡Ea! —exclamó Toribio entonces lleno de júbilo—, esto es cosa hecha. Vuelvo a mi casa a dar la noticia al borregote de Antón, que la recibirá como una bendición de Dios, y... Pero antes, vengamos a cuentas. La obra de esta casa corre prisa, tanto que yo la empezaría mañana. Ustedes *no* pueden vivir aquí con el jaleo que se va a armar, y puesto que somos unos...

—¡Todavía no! —gritó don Robustiano en las últimas agonías, como sí dijéramos, de su vanidad.

—Quiero decir —repuso Mazorcas— que lo seremos, y en esta inteligencia, espero que ya no rehusarán mi casa.

—¡Decente estaría eso! –refunfuñó don Robustiano. ¿No te parece? ¡Después de *lo que habéis arreglado*, ir a meterse *esa* allí!...

—Hay un buen remedio –observó Zancajos–, anticipemos el belén[165]. ¿No es verdad, doña Verónica? ¿No es cierto, don Robustiano?

Excusado es decir que la primera asintió de buena gana a la proposición. En cuanto al segundo, estaba resuelto a no hablar del negocio, y se calló como un muerto, digo mal, como un lobo acorralado.

Pero Zancajos se pintaba solo para descifrar gruñidos y refunfuños, y ajustando los de don Robustiano a su deseo, declaró «el belén» anticipado y acordó, en nombre de los demás, que tendría lugar tan pronto como se despachasen todas las *zarandajas*[166] indispensables.

—Otra cosa –añadió–, usted, señor don Robustiano, no es tan a propósito como yo para lidiar con el laberinto que se va a revolver aquí desde mañana al comenzar la obra. Si usted me lo permite, me encargaré yo de ella.

—¡Eso más! –dijo don Robustiano con honda amargura, pensando que ni sobre los viejos morrillos de su casa podía disponer ya.

—Creo que usted no me ha comprendido bien –dijo Toribio adivinando la intención de las palabras de don Robustiano–, usted recibirá de mí la cantidad que guste; usted dirigirá la obra y pagará obreros y materiales y hará en todo su voluntad: lo que yo quería para mí era, como si dijéramos, el cargo de sobrestante, porque, desengáñese usted, conozco mucho a la gente menuda y sé, como nadie, hacerla andar en un pie. Todo esto, don Robustiano, con el fin de adelantar la obra y conseguir que no nos den en ella gato por liebre. Además, creo que se puede sacar un gran partido de esta casa dando a la compostura cierta dirección... vamos, como yo se la daría.

Don Robustiano no halló del todo descabellada la pretensión de Toribio, y como al fin era la menor de las tres humillaciones que llevaba aceptadas en el día, accedió a ella sin gran dificultad.

Zancajos se despidió enseguida y corrió, como había dicho, a llevar a Antón la feliz nueva.

Verónica se quedó en éxtasis, saboreando, sin acabar de comprenderla, su inesperada felicidad.

---

165 *Belén*: (fig. y fam.) sitio donde hay mucha confusión; aquí expresión para referirse a los trámites del matrimonio.
166 *Zarandajas*: cosas de poca importancia.

Don Robustiano, entretanto, creía ver incrustados en el techo los rostros de sus antepasados que le miraban iracundos fulminando sobre él una tempestad de maldiciones. «¡Caín solariego!» –pensó que le gritaban–. «¿Qué has hecho del lustre de tu familia?» Y dominado por esta pesadilla, corría febril por la estancia y sudaba gotas de hiel. Al cabo se rindió a la fuerza de su misma excitación, y al desplomarse desfallecido en el sitial blasonado, dirigió al cielo, desde el fondo de su acongojado corazón, esta plegaría:

—Dios de justicia, si obré con mengua, haz que caiga toda sobre el siglo que me abandona, ¡no sobre mis timbres preclaros! ¡No sobre mí, que sucumbo al rigor del infortunio!

– V –

Quince días después de estos sucesos, el pueblo en que ocurrieron era teatro de otros de muy distinta naturaleza.

Las puertas y ventanas de la casa de Zancajos estaban festoneadas de rosas y tomillo; las seis mejores *guisanderas*[167] de los contornos, posesionadas del gallinero, de la despensa y de la cocina, desplumaban acá, revolvían allá y sazonaban acullá, y atizaban la fogata que calentaba a veinte varas a la redonda, y al salirse en volcán de chispas por la chimenea se llevaba consigo unos aromas que hacían chuparse la lengua a toda la vecindad. En un ángulo del corral otras cocineras, menos diestras, guisaban en grandes trozos seis terneras, improvisándose en el centro una fuente de vino tinto y se armaba una cucaña[168] en el otro lado. Estallaban en el espacio multitud de cohetes; recorrían las callejas cuatro gaiteros, sacando a sus roncos instrumentos los más alegres aires que podían dar; volteábanse las campanas; los mejores mozos del lugar ponían el relincho[169] en las nubes; las mozas adornaban sus panderos con cintas y cascabeles; el sacristán tendía paños limpios y planchados en el ara del altar mayor, y el maestro de escuela se comía las uñas buscando un consonante que le faltaba para concluir un epitalamio[170].

Toribio Mazorcas, resplandeciente de oro y charol, iba de la cocina al corral, del corral a la bodega, de la bodega a la fuente, de la fuente a la solana[171] y daba aquí una orden, allá un coquetazo[172], en el otro un pellizco, y en todas partes reía y alborotaba.

---

167   *Guisanderas*: cocineras.

168   *Cucaña*: palo largo impregnado de alguna sustancia resbaladiza con un premio en la punta para el que consiga subirlo. Da nombre a un juego tradicional que se solía celebrar en fiestas y bodas.

169   *Relincho*: sonido semejante al emitido por los caballos con el que los muchachos aldeanos celebraban el regocijo.

170   *Epitalamio*: composición poética en celebración de una boda.

171   *Solana*: el sitio donde el sol da a pleno; el sitio de la casa destinado a tomar el sol.

172   *Coquetazo*: golpe seco dado en la cabeza con los nudillos.

Antón, atortolado y tembloroso, se vestía en su cuarto, con el esmero de una coqueta, un traje tan rico como flamante y se miraba al espejo y se atusaba los rizos, y daba el suspiro que temblaban los cristales de la ventana.

Verónica hacía casi lo mismo en su angosto nicho del solariego pabellón, y hasta las lágrimas se le caían de gusto al ajustar a su talle un precioso vestido de seda y colocar sobre su cabeza delicada guirnalda de flores, como los ampos[173] de la nieve; miraba con infantil complacencia las tornasoles de su falda y las ondulaciones de la cadena de oro que le pendía del cuello, y lo pulido de sus zapatos de raso azul..., y todo el montón de galas que el rumbo[174] de Zancajos había hecho que le preparasen en Santander en poco más de una semana.

Don Robustiano, no sé si por respeto al pudor de su hija o por tirria[175] a sus lujosos atavíos, había abandonado el pabellón y recorría meditabundo las ruinas de su palacio.

Y a propósito: no quedaban de éste más que las cuatro paredes, y no completas, pues en la agrietada se había cortado por lo sano, lo cual es tanto como decir que le faltaba la mitad. El tejado, el desván, el piso principal..., todo había venido al suelo en pocos días, pues Zancajos se había propuesto hacer una gorda[176], y esta pieza porque falseaba por el tillado y aquella por la pared, todas las demolió, contra la intención de don Robustiano, que hubiera querido conservarlas en su primitivo estado a serle posible. El corral y la castañera estaban llenos de caballetes de aserrar y de montones de argamasa y de sillares a medio pulir, distinguiéndose en el portal, y en grupo aparte, todos los que contenían escudos de armas, pues éstos se guardaban como oro en paño para ser colocados, a su tiempo, en los lugares que siempre ocuparon en el edificio. En el día a que nos estamos refiriendo, la turba de operarios que allí trabajaba había suspendido sus tareas en atención a la fiesta.

Todo lo que de ella llevamos dicho pasaba cuando aún el sol apenas alcanzaba a dorar la cruz del campanario de la Iglesia.

Dos horas más tarde una alegre y pintoresca comparsa salió del corral de Toribio y se dirigió a la portalada vecina. Componíase aquélla de un numeroso grupo de danzantes, bajo cuyos arcos cruzados iban Mazorcas, su hijo y la alcaldesa (luego sabremos qué pito tocaba[177] allí

---

173 *Ampo*: de *lampo*, resplandor fugaz, blancura resplandeciente; se refiere a los destellos de luz en la nieve. También copo de nieve.
174 *Rumbo*: (fig. y fam.) pompa, ostentación y aparato costoso.
175 *Tirria*: antipatía, manía.
176 *Hacer una gorda*: actuar en grande,
177 *Tocar pito en algo*: desempeñar algún papel o función.

esta señora), detrás de la danza formaban doce cantadoras con panderetas adornadas de dobles cascabeleras, y siguiendo a las cantadoras, un
sin número de mozas y mozos de lo más florido del lugar. Las inme-
diaciones de ambas casas estaban ocupadas por una multitud de curiosos. Los cuatro gaiteros abrían la marcha tocando una especie de
tarantela muy popular en la Montaña, y a su compás piafaban[178], graves
como estatuas, los danzantes. Cuando las gaitas cesaron, dieron comienzo las cantadoras en esta forma. Seis de ellas, en un tono pausado
y lánguido, marcando el compás con las panderetas, cantaron:

> —De los novios de estas tierras
> Aquí va la flor y nata.

Las otras seis, con igual aire y acompañamiento, respondieron:

> —Válgame el Señor San Roque
> Nuestra Señora le valga.

Luego las doce:

> —De los novios de estas tierras
> aquí va la flor y nata.
> Válgame el Señor San Roque,
> Nuestra Señora le valga.

Alternando así otras dos veces las cantadoras y los gaiteros, llegó
la comparsa a la portalada de don Robustiano, ante la cual se detuvieron y callaron todos por un instante. Enseguida los mozos de la comitiva *echaron* una *relinchada*; pero tan firme, que llegó a los montes
vecinos y aun quedó una gran parte para volver de rechazo hasta el
punto de partida en ecos muy perceptibles. Acto continuo las de las
panderetas, mientras Zancajos daba tres manotadas en los herrados
portones, cantaron esta nueva estrofa:

> —Sol devino[179,] de estos valles,
> deja el escuro[180] retiro,
> que a tu puerta está el lucero
> que va a casarse contigo,

Momentos después se abrió la portalada y aparecieron don Robustiano y Verónica; el primero, pálido y con un gesto de hiel y vinagre;
la segunda, trémula y ruborosa; aquél con su raído traje de etiqueta;
ésta con las ricas flamantes galas de novia.

Zancajos, Antón y la alcaldesa se adelantaron a recibirlos, y como

---

178   *Piafar*: golpear con las piernas, igual que los caballos.
179   *Devino*: dialectalismo vulgar por divino.
180   *Escuro*: dialectalismo vulgar por oscuro.

los cinco no cabían bien debajo de los arcos, se determinó que solamente ocuparan tan honorífico puesto los dos *señores*. Esta honorífica distinción no dejó de halagar la vanidad del solariego, que entró bajo los arcos dando la mano a su hija con aire majestuoso y ciertos asomos de desdén, como si aquello y mucho más se mereciera.

Las mozas se relamían al contemplar el lujo de Verónica, y más de cuatro de ellas, considerando que se había llevado el gran acomodo del pueblo, la miraban de bien mala voluntad.

Colocados así los solariegos, y a su lado, aunque fuera de los arcos, Toribio, su hijo y la alcaldesa, se puso en marcha la comitiva entre los relinchos y las aclamaciones de los curiosos, la música de las gaitas, las coplas de las cantadoras, el estallido de los cohetes y el toque de las campanas, porque es de advertir que el sacristán estaba encaramado en lo más alto de la torre, toda la mañana, con objeto de solemnizar a volteo limpio cualquier movimiento que notase entre la gente de la boda.

Cuando ésta llegó al portal de la Iglesia, salieron a recibirla el señor cura, el alcalde con una comisión del Ayuntamiento, el maestro y los chicos de la escuela.

El primero, hombre prudente, se limitó a saludar a cada uno de los cuatro principales personajes del alegre y pintoresco grupo.

El alcalde, labrador pudiente, rapado a navaja[181] en cuanto no fuese mejorar terrenos y amillarar[182] *riquezas imposibles*, que en esto era capaz de marear al más lince; pero con presunciones de servir para todo por lo mismo que a saber ser alcalde nadie le echaba la pata[183], hallando sin *aquel* lo que hizo el señor cura por todo «homenaje» a los novios, se propuso darle una lección en tan solemnes momentos y mostrar al pueblo entero lo que él sabía hacer por lo fino cuando el caso lo requería. Al efecto, se afirmó bien sobre los pies, braceó tres veces, escupió cuatro, levantó la cabeza, medio cerró los ojos, y encarándose con los novios, dijo muy recio:

—¡Oh devinos[184] misterios!... ¿Qué miro? ¿Qué arreparo? ¿Son fantesías de mis ojos? No, que seis vusotros que venéis; vusotros lo más runflante de mis... vasallos, a uncirvos... para sinfinito... en la santa... metripolitana parroquial... Yo, y la Comisión del monicipio que aquí

---

181 *Rapado a navaja*: pelado, es decir absolutamente careciente de algo.

182 *Amillarar*: inscribir propiedades en el registro municipal para cobrar impuestos y contribuciones.

183 *Echar la pata*: (fig. y fam.) resultar superior, superarlo.

184 En este parlamento se aprecian gran cantidad de vulgarismos propios de un aldeano que intenta expresarse en un léxico culto: *devinos* por "divinos", *arreparo* por "reparo", *fantesías* por "fantasías", *uncirvos* por "unciros", *sinfinito* por "infinito" y *monicipio* por "municipio", etc.

de cuerpo presente existe, vos... vos... inciensamos..., vos requerimos y ensalzamos para que sea enhorabuena y por la gloria que vos deseo. Tal digo con esta fecha.

Y no dijo más el alcalde; pero miró en derredor de sí con aire de conquistador. Los concejales que le acompañaban añadieron unísonos estas lacónicas palabras, haciendo al propio tiempo una reverencia:

—La comisión otorga.

El maestro se limitó por de pronto a plegarse en dos mitades sin decir una sola palabra; pero enseguida giró rápido sobre los talones y vuelto hacia sus chicos, les gritó alzando los brazos:

—¡A una!

Y los granujas comenzaron a cantar un himno compuesto por el pedagogo, formando al mismo tiempo, con la precisión de reclutas, en dos filas que terminaban a la puerta de la Iglesia.

Pasó la comitiva por en medio de ellas y entró en el templo. Don Robustiano fue a ocupar el sitial que a la sazón estaba cubierto con la mejor colcha de Toribio. Este, como padrino; su hijo, Verónica y la alcaldesa, como madrina, se hincaron en las gradas del altar mayor.

Los gaiteros y el maestro subieron al coro, aquéllos para *tocar la misa*, éste para *echar la epístola*[185] y dirigir a los demás cantores.

Pasaré por alto los detalles de la ceremonia religiosa pues, *mutatis mutandis*[186], fueron los que conoce todo fiel cristiano, como sin duda lo es el lector. Solamente haré notar que hubo tiros de escopeta y cohetes a la puerta, en el momento de la Consagración; que los novios, cuando fue ocasión de leerles la epístola de San Pablo, se trasladaron al sitial para oírla desde allí como si de este modo se le diera más solemne posesión del privilegiado asiento al hijo de Mazorcas; que don Robustiano, aunque vio esta intrusión con amargo despecho, ya no sabía qué cara poner en fuerza de lo que, por otra parte, le halagaba la pompa desplegada en obsequio de su hija; y por último, que Toribio reía y lloraba a la vez, y no pudiendo contenerse, abrazó a su consuegro, y a Verónica, y a Antón, y a la alcaldesa, y estuvo en un tris que no abrazase también al señor cura.

Cuando se dio por terminada la ceremonia, y después de las felicitaciones y enhorabuenas de costumbre, volvió a formar la comitiva a la puerta de la Iglesia y se puso en marcha conforme había venido, con

---

185 *Echar la epístola*: pronunciar un discurso.
186 *Mutatis mutandis*: (lat.) "cambiado lo cambiable"; expresión latina para significar la similitud de dos cosas haciendo excepción de detalles particulares.

la sola diferencia de que ahora iba Antón también debajo de los arcos, y su padre echaba, durante el tránsito, puñados de *tarines*[187] y aun de medias pesetas a la muchedumbre, cebo apetitoso y estimulante que hizo más de dos veces desorganizarse la comparsa por bajarse los danzantes, los gaiteros y las cantadoras a recoger tal cual moneda descarriada, no obstante haberles dicho Toribio, temiéndose tamañas informalidades, que para todos habría luego.

Una hora después que la boda llegó a casa del rico jándalo, la fiesta tomó un carácter muy distinto. El señor cura, don Robustiano, Zancajos, los novios, el alcalde, la alcaldesa, los concejales de la comisión, el maestro, el sacristán y más una docena de personas de lo más selecto del lugar, ocuparon la larga mesa que se había preparado en la sala principal. Los danzantes, los gaiteros, las cantadoras y cuanta gente se presentó allí, se posesionaron del corral, donde había, para el que menos, abundante ración de guisado, pan y vino... y arroz con leche.

El señor cura, como hombre previsor y cuerdo, se retiró muy pronto de la mesa, dejando a los convidados en completa libertad, después de haber brindado por la felicidad de los novios, a quienes dedicó muchos y sabios consejos. La presidencia que dejó vacante este buen señor fue ocupada por don Robustiano, que la aceptó con su característica gravedad. Pero toda ella no fue bastante a mantener en orden a las buenas gentes que le rodeaban. Rió, gritó y echó bombas Toribio; cantó el sacristán; largó tres discursos el alcalde; batió palmas la alcaldesa; *otorgaron* tres veces los concejales, y el maestro, creyendo llegada la ocasión, después de pedir la venia a la cabecera de la mesa, leyó la composición que tantos sudores le había costado y decía así:

«*Versificación de epitalamio en doce pies de verso desiguales, conforme a reglas; discurrida por* Canuto Prosodia, *maestro de instrucción primaria elemental de este pueblo, y dedicada a la mayor preponderancia, majestad y engrandecimiento de la ilustre* Doña Verónica Tres-Solares *y su excelso consorte*, Don Antonio Mazorcas (*vulgo* Antón, *por apócope*), *hoy día de sus nupcias o esponsales, 1.º de septiembre del año corriente de gracia:*

Salgan a luz los astros naturales
Y las estrellas,

---

187 *Tarines*: monedas, realillos de plata de ocho cuartos y medio.

> Y cante la rajuca[188] en los bardales
> Y las miruellas[189];
> Que doña Verónica, pues con don Antonio
> En este día
> Ya las nupcias contrajo, o matrimonio,
> Con sinfonía.—
> Que el cielo les derrame bendiciones
> Es mi deseo,
> Y que tengan los hijos a montones.
> Amén.—*Laus Deo*.»

Mientras éstas y otras cosas pasaban arriba, en el corral se solazaba[190] medio pueblo, despachando tajadas de carne y jarros de vino, que era una maravilla. Dos carrales, o pipas, de lo de Rioja, hacía la fuente, y a las tres de la tarde hubo necesidad de atizarla con otra cuba, porque se estaba apagando ya. De arroz con leche iban a la misma hora siete calderas engullidas, y de las seis terneras no quedaba más que una pata.

Cuando ésta hubo desaparecido también, y se agotó la fuente y se rebañaron[191] las calderas, se levantaron los tableros que habían servido de mesas, se retiraron los toldos que las amparaban del sol y comenzaron los músicos a darle a las cigüeñas[192] de las gaitas. Esto y media docena de cohetes lanzados al aire fue la señal del gran jaleo; quiero decir, de trepar a la cucaña y del baile general.

Lanzáronse a ello cuantos podían tenerse de pie, y los que no, panza arriba o como su hartura y mareos se lo permitían, diéronse a relinchar y a vitorear[193] a los novios. Estos, con una parte de los convidados de arriba, salieron entonces al balcón. Y digo que una parte de los convidados, porque los concejales, el maestro y tres comensales más, al ponerse de pie dieron en la manía de que el suelo se tambaleaba, y no habiendo razón que fuese capaz de probarles lo contrario, quedáronse donde estaban, apurando unas botellas de Jerez con el buen fin de fortalecer el ánimo para arrostrar mejor la catástrofe que temían. En cuanto al sacristán, así que oyó la bulla del corral se empeñó en ir a echar un repique musical que sabía para las grandes ocasiones; pero

---

188   *Rajuca: Troglodytes troglodytes*, ave pequeña también llamada *chochín*.

189   *Miruellas: Merulus* mirlo; ave de unos 25 cm de largo. El macho es enteramente negro, con el pico amarillo, y la hembra de color pardo oscuro. Presenta la particularidad de que aprende a repetir sonidos incluso la voz humana.

190   *Solazarse*: darse placer.

191   *Rebañar*: juntar y recoger de un plato o vasija los restos de comida (usualmente con un trozo de pan).

192   *Cigüeñas*: parte tubular de ese instrumento musical.

193   *Vitorear*: aclamar con *vítores*, gritos de aplauso y alegría (del Latín "vencedor") .

no vio logrados sus deseos, porque al ir a empuñar los badajos creyó que las campanas se volteaban solas, asustóse, perdió el poco aplomo que le quedaba, y contó uno a uno con la cabeza y las costillas todos los escalones del campanario.

Entretanto, siguiendo la gresca[194] en el corral de Toribio, dio la gente en pedir a gritos que «echara un baile» doña Verónica; apoyó Zancajos la pretensión, y no tuvo más remedio la nieta de cien señores «de primer lustre» que zarandearse un poco entre aquella turba de mocetones de buen humor. Mazorcas, Antón y la alcaldesa aplaudieron cada vuelta de la ruborizada Verónica; pero don Robustiano, que había tragado más bilis que chuletas durante toda la comida, al verse precisado a alternar allí con semejante canalla y sintiendo colmada la medida de su paciencia con la nueva condescendencia indecorosa de su hija, tomó el sombrero y se largó a su casa, sin que hubiera ruegos ni súplicas que alcanzaran a detenerle.

—De todas maneras —dijo a Zancajos—, yo no había de dormir aquí...

—¿Cómo que no? ¡Y yo que le tenía a usted preparada la mejor habitación de mi casa!

—Mientras en la mía quede una teja que me ampare contra la intemperie, no han de reposar mis hidalgos miembros en el hogar ajeno. Te hago la justicia de concederte que es tu intención la mejor del mundo al brindarme con tu casa y al dedicar a mi hija el fausto que la dedicas hoy: aún más, te lo agradezco; pero no deben tus ambiciones llegar hasta el punto de pretender que yo autorice con mi presencia ciertos excesos y transija con otros resabios, incompatibles con mi carácter. Deja el tiempo correr, y entonces veremos si en mi propia casa me es dable aceptar de buen grado lo que hoy, de pupilo en la tuya, me sería intolerable. En el ínterin, la vieja vecina de siempre suplirá en la glorieta la falta de Verónica para aderezarme el frugal sustento. Y a Dios te queda.

No dijo más el inflexible solariego; pero me consta que cuando llegó al viejo pabellón le pareció éste un páramo inmenso, no obstante su pequeñez material; halló su recinto frío, y el color de las paredes más oscuro y triste que de costumbre. Intentando explicarse la causa de aquel fenómeno, fijó su vista en la parda estameña del abandonado

---

194 *Gresca* : "riña" en sentido genérico, pero aquí significa ruido y fiesta general.

vestido de Verónica, y dos gruesas lágrimas le escaldaron las mejillas. Protestó contra tamaña debilidad; mas le fue inútil el recurso, porque entonces vertieron sus ojos mares de llanto y su pecho oprimido estalló en quejidos de angustia. Por primera vez cayó don Robustiano en la cuenta de que había en la naturaleza algo más que un sentimiento de admiración a su linaje. Treinta años pasados junto a Verónica no habían bastado a dárselo a conocer: un momento de soledad se lo evidenciaba. El orgulloso y el fanático Tres-Solares notó en aquellos instantes supremos que la ausencia de su hija angustiaba más a su alma que la pérdida de su palacio blasonado. Jamás se hubiera atrevido a creerlo. Pero sus viejos resabios tenían hondas raíces en su pecho, y hallando en ellas fuerzas bastante para resistir por entonces los impulsos del corazón, devoró rebelde su propia amargura en la triste soledad de aquel recinto, antes que ir al ajeno a buscar el consuelo que tanto necesitaba.

No obstante, su llanto no fue estéril: la cuerda más sensible de aquella alma había vibrado ya, y sus ecos misteriosos hallaron pronto y cariñoso refugio en el corazón.

Cuando la humana naturaleza sufre tales sacudidas, el tiempo solo basta ya para conducir al vacilante espíritu al término que anhela, al centro que necesita.

Nada dijo Mazorcas a Verónica de la retirada de su padre; por el contrario, y con el fin de no turbar la alegría de la recién casada en un momento tan crítico, al notar aquélla la ausencia de don Robustiano, la hizo creer que éste se había recogido a descansar en la habitación que se le tenía allí preparada.

Siguió, pues, la boda tan animada como al principio, y llegó la noche, y se encendieron hogueras en el corral, y continuó la gente danzando y riendo hasta cerca de las diez. Entonces dio Toribio espita[195] a un barril de exquisito aguardiente, y con esta *sosiega*[196] despidió a la muchedumbre, que bien necesitaba ya el reposo de la cama. Hubo cantares y música otra vez, pero con una desafinación insoportable; vivas y plácemes a los novios, a don Robustiano y a Toribio; despertaron los concejales, el maestro y comparsa, que roncaban sobre la mesa de la sala; desalojóse ésta, quedó el corral desierto, recogióse lo que se pudo de la cacharrería y demás zarandajas del festín de abajo, fuéronse las

---

195 *Dar espita*: abrir; colocar la espita o canilla para verter el líquido.
196 *Sosiega*: bebida que se tomaba después de las comidas y servía para "sosegar" los ánimos.

guisanderas, volvió a reinar el orden y el silencio en casa del rico jándalo, retiróse éste discretamente, y...

El que quiera saber más que vaya a Salamanca, pues yo hago punto y tiendo, como dicen los novelistas finos, un velo sobre los restantes acontecimientos de aquel día de imperecedera memoria entre los vecinos del consabido pueblo, de cuyo nombre, vuelvo a repetir, no quiero ni debo acordarme.

– VI –

Al llegar aquí y a punto de dar fin a la presente historia, necesito que el lector suponga que han pasado ocho años desde los sucesos que dejo referidos. Hecha esta suposición, vuelva los ojos hacia las personas y las cosas de que venimos tratando, y mucha será su penetración si al primer vistazo las conoce.

El palacio es ya digno de tan pomposo nombre por fuera, por dentro, por arriba y por abajo.

El solar se ha convertido en huerta de ricas y variadas frutas y en ameno y delicioso jardín, y ya no le cierra la pared apuntalada y cubierta de malezas, sino un sólido muro que, a la vez que de resguardo a lo cercado, sirve de base a una elegante verja que permite al transeúnte recrear la vista con lo que está vedado a su mano.

La cintura de castaños es un hermoso parque bordado de caprichosos senderos y macizos de flores y tupido de césped.

La antigua media torre almenada es un anchísimo mirador de cristales; la glorieta una sala de verano; la teja-vana de enfrente, mitad invernáculo, mitad pajarera, y así todo lo demás; porque Toribio se había propuesto, como dijimos, hacer una gorda, y lo cumplió transformando el antiguo caserón solariego en una morada provista de cuantas comodidades pudiera exigir en el campo el gusto más exquisito.

¡Pues dígole a usted los moradores del improvisado Edén!

Antón es un señor bastante grueso, que se pasa el día corriendo de hacienda en hacienda, aquí dirigiendo la siega, allá inspeccionando la cabaña[197], más allá la poda de un monte, en el otro lado la construcción de una nueva casa de labranza, aquí riñendo a un colono holgazán, allí remunerando la laboriosidad de otro, etc., etc. Siempre va tarde a comer a casa, por más que se propone lo contrario, pero nunca de mal humor; y el mayor desahogo que se permite, al desplomarse rendido en un sillón mientras se enfría un poco la sopa, es un par de resoplidos al aire y otro de besos en cada mejilla a dos chiquitines rubios como el oro, rollizos y frescos como unas mantecas y sanos como corales, que le acometen apenas se sienta, y trepan sobre sus rodillas, y le sueltan el chaleco, y le aprietan la garganta, y se le encaraman en los hombros, y le aturden y le embriagan a embestidas, abrazos y pisotones.

Verónica es una matrona ágil y risueña que se mira en los ojos[198] de Antón. Tiene sobre sí el peso de la dirección interior de la casa, y después de atender, como ella lo hace con afanoso deleite a tan sagradas ocupaciones, apenas le queda una hora que consagrar a su mayor delicia: ver a sus dos hechiceros diablillos correr por el jardín o por la castañera. No ha querido salir un instante fuera de los términos del pueblo, como Toribio deseaba, para que conociera un poco el mundo. Para ella el mundo es aquel rincón donde ha nacido, donde están sus hijos, Antón y cuantas personas y objetos le son caros[199].

El único pesar que le aqueja es la consideración de que algún día, y no lejano, tendrá que separarse de sus pimpollos para darles una educación que allí no pueden recibir, si su padre y sus abuelos no se resuelven, como ella desea, y ellos no quieren, a que sean unos señores labradores, como lo es su padre.

Toribio, un poco más cano y *caído de voz* que antes, es el mismo de siempre: risueño bromista y cariñoso. Tan pronto como conoció que su hijo era tan capaz como él para dirigir el belén[200] de sus propiedades, encomendóselas con la mejor gana y se consagró pura y exclusivamente a saborear los goces de la familia, para lo cual contaba con un corazón de perlas[201].

Don Robustiano pasó la pena negra durante los ocho meses que necesitó la mágica dirección de Toribio para terminar las obras del palacio. Su corazón de padre le aconsejaba todos los días que fuese a

---

197 *Cabaña*: conjunto de ganados de cría.
198 *Mirarse en los ojos*: expresión para significar que una persona está completamente dedicada a otra.
199 *Caros*: queridos.
200 *Belén*: (fig. y fam.) confusión (ver nota 165)
201 *De perlas*: expresión para significar "muy apropiado".

ocupar la cómoda habitación que el rumboso jándalo le preparó en su casa; pero su tesón característico, sus resabios aristocráticos se lo impedían. Por eso, no bien se dio al edificio solariego el último brochazo de pintura, brindó con la flamante morada a toda la familia de su hija. Y *brindar* en tales términos equivalía en don Robustiano a decir: «Necesito que vengáis a vivir conmigo; *quiero* morir en vuestra compañía.» La verdad era que al pobre viejo le mataba la soledad, y hasta le pesó más de una vez, durante aquellos meses de angustia, haber nacido tan noble, y ya que lo era, haber alardeado siempre de serlo, porque la repugnancia a contradecirse, a tener que tragarse las tempestades que había soltado contra la canalla plebeya, y especialmente contra Toribio, era ya lo único que le impedía aceptar la hospitalidad de éste. Por el contrario, acogerle a él bajo el techo solariego trascendía a merced de parte de don Robustiano, y esto ya daba muy distinto color al asunto.

De este modo vieron satisfechos sus más vivos anhelos todos los personajes de nuestra historia al cobijarse juntos dentro del antiguo palacio: don Robustiano, porque, como se ha visto, languidecía en la soledad; Verónica, porque, conociéndolo, padecía mucho lejos de su padre, y Toribio y Antón, por ver contenta a Verónica y por acabar de una vez de formar en todos conceptos parte de la ilustre familia. Con tan favorables antecedentes, no era aventurado pronosticar la más completa armonía entre los nuevos moradores del restaurado palacio.

Ya hemos visto qué pelaje tan en consonancia con este pronóstico muestran ocho años después Verónica, Antón y Toribio.

En cuanto a don Robustiano, ¡asómbrese y santígüese el lector!, ha engordado, se ríe con los chistes de Zancajos, le coloca junto a sí en el sitial de la Iglesia, pasea con él y le da con frecuencia palmaditas en el hombro; departe con Antón, le excita a que no vista chaqueta ni aun para andar en casa; va con él muchas veces a visitar las labranzas..., y le quiere entrañablemente. ¿Cabe mayor transformación de carácter? ¿Y cómo había de suceder otra cosa? Don Robustiano es el primero en su casa para todo. Preside la mesa, guía el rosario, a él se le pide el dinero para los gastos domésticos, su menor capricho se respeta como una orden, se le cede el mejor asiento cuando vuelve de pasear, los criados le saludan desde media legua, el gabinete más soleado, más ancho y mejor amueblado es el suyo; Toribio le ha suscrito a un periódico de sus ideas..., y todas estas y otras infinitas atenciones se le consagran por la familia espontáneamente, sin que él necesite apuntar la insinuación más vaga. Por si no fueran bastantes estos motivos de satisfacción, los dos ángeles de Verónica no le dejan sosegar un momento y le hacen correr con ellos, y contarles cuentos, y jugar al escondite..., y le comen a besos, que es, entre todas las delicias de que se ve rodeado, la que más consuela y rejuvenece el alma del honrado viejo.

Largas y acaloradas discusiones sostiene con la familia a propósito del porvenir de las dos hermosas criaturas. Él quiere que sean jurisconsultos[202]; Antón que ingenieros; Toribio que generales, y emperadores si es necesario; Verónica... que no se los lleven nunca de su lado.

—En todas las profesiones, artes y oficios –concluye siempre el solariego–, cabe lo que más debe ambicionar un padre para su hijo: que sea hombre de bien, y estos niños tienen ya mucho adelantado para serlo como el que más; el no necesitar ocuparse en el modo de adquirir el pan de cada día; tarea peligrosa en la cual se tuercen, al rigor de la necesidad, muchas conciencias de suyo rectas y delicadas, y desmayan no pocos espíritus denodados. Otra ventaja tienen aún de inmensa utilidad, si saben aprovecharla en cuanto vale: un gran libro en que aprender, un ejemplo vivo que imitar: su abuelo Toribio... Sí, amigo mío: tú, mal que pese a tu modestia, sin argumentos pomposos, sin ruidosa palabrería, pero con hechos muy elocuentes, has sido capaz de hacerme comprender, y ahora me deleito en confesarlo, que existe una nobleza más ilustre, más grande, más veneranda[203] que la de la sangre, que la de los pergaminos: la nobleza del corazón.

Después de oír tan claras, tan ingenuas manifestaciones de boca de don Robustiano, y después de contemplar el cuadro de su familia, que acabo de describir rápidamente, ¿qué me resta de decir a mí? Nada, benévolo lector. Hazte, pues, la cuenta, y no te equivocas, de que he concluido; perdona las faltas, y si eres montañés y montañés *fidalgo*, refrena tu suspicacia y otórgame la justicia de creer que al hablar de don Robustiano y de don Ramiro y de la caterva de solariegos que éstos evocan en su diálogo, así me acordé de tu padre o de tu abuelo, como del emperador de la China.

---

202 *Jurisconsultos*: abogados.
203 *Veneranda*: que se debe alabar.

Obras de José María de Pereda

1. Colecciones de artículos costumbristas

Escenas Montañesas [1864]
Tipos y paisajes [1871] (Incluye «Blasones y talegas»)
Tipos trashumantes [1877]
Esbozos y rasguños [1881]

2. Novelas

Bocetos al temple [1876]
El buey suelto... [1878]
Don Gonzalo González de la Gonzalera [1879]
De tal palo, tal astilla [1880]
El sabor de la tierruca [1882]
Pedro Sánchez [1883]
* Sotileza [1885] (Stockcero ISBN 987-1136-10-2)
La Montálvez [1888]
La puchera [1889]
Nubes de estío [1891]
Al primer vuelo [1891]
Peñas arriba [1895]
Pachín González [1896]

Thank you for acquiring

BLASONES Y TALEGAS

from the
Stockcero collection of Spanish and Latin American significant books of the past and present.

This book is one of a large and ever-expanding list of titles Stockcero regards as classics of Spanish and Latin American literature, history, economics, and cultural studies. A series of important books are being brought back into print with modern readers and students in mind, and thus including updated footnotes, prefaces, and bibliographies.

We invite you to look for more complete information on our website, **www.stockcero.com**, where you can view a list of titles currently available, as well as those in preparation. On this website, you may register to receive desk copies, view additional information about the books, and suggest titles you would like to see brought back into print. We are most eager to receive these suggestions, and if possible, to discuss them with you. Any comments you wish to make about Stockcero books would be most helpful.

The Stockcero website will also provide access to an increasing number of links to critical articles, libraries, databanks, bibliographies and other materials relating to the texts we are publishing.

By registering on our website, you will allow us to inform you of services and connections that will enhance your reading and teaching of an expanding list of important books.

You may additionally help us improve the way we serve your needs by registering your purchase at:
http://www.stockcero.com/bookregister.htm